在黑土地上的我们

崔英春 著

石油工业出版社

图书在版编目（CIP）数据

在黑土地上的我们 / 崔英春著 . -- 北京：石油工业出版社，2025.6. -- ISBN 978-7-5183-7231-7

Ⅰ . I247.81

中国国家版本馆 CIP 数据核字第 2025907C1A 号

出版发行：石油工业出版社
　　　　　（北京安定门外安华里 2 区 1 号楼　100011）
　　　　　网　　址：www.petropub.com
　　　　　编辑部：（010）64523829　　图书营销中心：（010）64523633
经　　销：全国新华书店
印　　刷：北京中石油彩色印刷有限责任公司

2025 年 6 月第 1 版　2025 年 9 月第 2 次印刷
787×1092 毫米　开本：1/16　印张：15.25
字数：183 千字

定价：70.00 元
（如出现印装质量问题，我社图书营销中心负责调换）
版权所有，翻印必究

第一辑 　美丽油田

挺起百湖之城的脊梁　　/ 003
奋斗的红旗永飘扬　　/ 012
新铁人故事　　/ 019
把好变成更好　　/ 032

第二辑 　美丽牧场

草原根　石油心　　/ 045
星火泡南岸故事　　/ 054

第三辑 　美丽冰雪

短道传奇　冰上远方　　/ 095
赵小兵的"月亮"　　/ 130
一座冬奥冠军之城　　/ 137
背手滑冰的男孩　　/ 143

第四辑　美丽林区

我见青山多妩媚　　/155
问余何意栖碧山　　/186

第五辑　美丽乡村

我想要怒放的生命　　/197
除夕夜,想那些"穷亲戚"　　/211
二龙山村的笑容　　/217
走进元宝村　　/232

第一辑 美丽油田

怀念一个人的最好方式
就是成为他
对一个人顶级的致敬
还是成为他
所以,如果你去大庆
无论以哪种方式抵达
从哪个方向进入
都会与铁人"不期而遇"
铁人雕像、铁人公园、铁人广场
铁人大道、铁人中学、铁人学院
还有,在铁人身边的我们——

挺起百湖之城的脊梁

除了大庆,没有哪一个企业的诞生和发展能与中华民族的精神和命运联系得如此紧密;没有哪一个城市在未诞生之前,就有了自己厚重的文化底蕴;没有哪一个企业和城市走过短暂的历程,却在中华民族的历史上铭刻一个辉煌的亮点。

——余秋里

金秋时节,走进大庆就犹如走进了一幅徐徐展开的瑰丽长卷——辽阔的草原、浩荡的湿地,200多个天然湖泊像颗颗明珠镶嵌其中。林立的高楼、宽阔的马路、纵横的高桥、盈盈的湖水与成片的采油作业区和谐相拥;沿湖而建的城市休闲广场星罗棋布,大街小巷烟火气十足;一台台、一组组埋头工作的彩色抽油机、灰油罐、绿水罐与五彩斑斓的城景融为一体,构成一座现代化石油城的独特气质。

远道而来的人们从飞机上拍她,乘高铁来看她,驾车去访她,甚至用脚步去丈量她。他们赞叹她生态宜居的"大庆蓝",更敬仰她赤诚热烈的"石油红"——大庆油田发现于1959年,至今六十多年,已累计生产原油超过25亿吨,其中5000万吨产量连续保持了27年,是名副其实的"共和国的加油机"!

大庆生石油,更产精神。就在几十年前,这里还是青天一顶、荒原一片、狼狍出没的野地。人们惊叹，这座美丽城市的缔造者曾以怎样的强大精神与钢铁意志托举了一个世界级大油田，曾以怎样的热血与青春熔铸了这座年轻城市无比坚强的筋骨与底气。

他们发现，无论以哪种方式抵达，从哪个方向进入大庆，都会与铁人"不期而遇"——铁人雕像、铁人广场、铁人公园、铁人大道、铁人学院……阳光洒在铁人王进喜纪念馆前，高高大大的铁人雕像手握刹把、目光坚毅。雕像后面的主体建筑，从空中看是"工"字，从侧面看是"人"字，宛若风雨中挺起的不屈脊梁。一代代大庆人拾级而上，仰望铁人，也仰望一种精神的高度。他们自觉与铁人像站在一起。因为，怀念一个人的最好方式、最高礼节，就是成为他。

一口油井的信仰

驱车从大庆市萨尔图出发，向西南行10多公里，进入大庆油田第二采油厂（简称采油二厂）辖区。原野深处，有一座被大庆石油人视为圣地的白井房，便是萨55井的所在地。

井场周围，当年的小树已成参天大树，卸车坑、泥浆池、土油池、值班房、工人住过的地窨子都在，贝乌40型钻机❶也在。一座城的风骨与脊梁，从这里开始。

那一年，37岁的王进喜带着队伍千里迢迢来到这里参加大庆石油会战。钻机运到火车站，没有吊车，人就是吊车；打井没有水，就凿开冰窟窿端水。铁人到大庆钻探的第一口井——萨55井（"铁人一口井"），不到6天就打成了。

---

❶ 大庆石油会战期间，石油工人用人拉肩扛的方式将贝乌40型钻机从火车站运至井站，此处为同款钻机。

什么是奇迹？奇迹就是把不可能变成可能，就是靠精神的力量赋予人超出人体极限的力量。萨 55 井就是靠这种力量打成的。

一井起，万井生；一人开路，万众追随。几十年过去了，"铁人一口井"的周围已有密如繁星的井，当年铁人队破冰取水的"野泡子"成为后人追溯大庆老故事的打卡地。青草更青处，小路蜿蜒伸向前方，李士梅骑着自行车挨个跑井。日升月落，寒来暑往，从 22 岁上岗到 50 岁退休，深情的湖水记录着一个采油女工 28 年的工作日常。

1972 年，李士梅出生，她认识的第一个石油工人是她的父亲。22 岁时，她接了父亲的班，穿上了工作服。最让人骄傲的是，她被分到了采油二厂采油 45 队"铁人井组"。上班第一天，师傅就把她带到"铁人一口井"旁，仔仔细细地检查，认认真真地取数据。以后，她学着师傅的样子，出门必带"三样宝"：扳手、抹布、小本子。师傅看小姑娘学得用心、干得认真、不怕脏和累，退休前便推荐她正式接管了这口井。

能负责"铁人一口井"，李士梅激动得睡不着觉。这可不是一般的井。铁人王进喜是最讲认真的人，负责"铁人一口井"，就要像他一样"为油田负责一辈子"。

李士梅每天雷打不动地巡检，唯恐哪里做得不好。师傅们都说她"人小眼睛尖"。出现问题时，李士梅总能及时发现。在厂级和矿级的各种检查中，她负责的井每次都参加迎检。有一次，她实在忙得吃不消了，犹豫再三想找队长说说。队长的一句话让她脸红："你的井都不行，那别的井怎么看？"从那以后直至退休，她负责的井，口口都是时刻经得起检查的标杆井。

那天临下班，她又去井上转了一圈，发现井口伴热管线的法兰密封圈刺漏了，井房的墙上、地上满是污水和油污。"哎呀妈呀"一声

第一辑 美丽油田

后，她马上挽起袖子，开始动手清理污水，干到天黑得看不见了，就用汽车大灯照亮，一直干到深夜。第二天凌晨3点多，她又摸黑跑来，蹲在地上一点一点把地面蹭出红砖本色。当清晨的第一缕阳光洒在井场，一切恢复如常。第一批游客怀着崇拜的心情向"铁人一口井"致敬，没人知道昨天发生过什么。通宵未眠的李士梅长舒了一口气。

2017年7月，"铁人一口井"不再出油。这口"英雄井"57年累计产油超过15万吨，是大庆油田生产寿命最长的自喷井。

2022年，李士梅退休前，像当年师傅对她一样，把井房钥匙郑重地交给徒弟，嘱咐了一遍又一遍，一步三回头。那晚，她做了一个梦，梦见又回到井上，平井场、擦设备，把井房的红砖地面蹭得红红的……

一个"闯"字的追随

明湖水波荡漾，湖边美丽的牵牛花灿烂成海。不远处的办公楼群便是被称作大庆油田"大脑"的大庆油田勘探开发研究院。

主楼南边，有一栋银色的楼，那是开发研究一室的办公地。20世纪60年代，老一辈科研人从安达三号院搬迁至此。如今，地方还是这个地方，干打垒早已无处寻迹，积攒了60多年的纸质资料、岩心整齐入库，一台台功能强大的计算机、实验仪器和仪表日夜鏖战。

科技兴油，让一座石油城高质量发展的"脊梁"越来越坚挺，动力越来越强劲。

1960年7月，大庆石油会战打响不久，开发研究一室的前身"油田开发室"成立。1962年春节，王启民和王乃举等一群血气方刚的大学毕业生决心靠自己的力量开发大油田。面对苏联专家的嘲笑，他们不服气地写下对联："莫看毛头小伙子，敢笑天下第一流"，横批"闯将在此"。他们把这副对联贴在干打垒的门上，特意把"闯"字里面的"马"写得大大的，好似就是要冲出门框、撒开四蹄、一跃千里。

1988年，陆蔚刚大学毕业来到开发研究一室不久，就进入表外储层现场试验组。他见得最多的院领导就是王启民。王启民每次一来就铺开大图纸和大家一起讨论。那时候，表外储层研究正处在攻坚阶段，王启民很大一部分精力在研究接替产量。陆蔚刚被室里浓厚的科研氛围感染着，在以后的几十年里一直潜心钻研，和团队一起一次次发起冲锋。

陆蔚刚参加工作那年，王志强刚上小学，而如今的王志强已是挑大梁的研究室副主任。他的主攻方向是精细地质研究。在他看来，过去有过去的难，现在有现在的难。如今，大庆长垣水驱开发领先世界，国外无先例可借鉴，国内无前人足迹可循，又是走在"无人区"了。说到底，还是要靠老前辈当年写的那个"闯"字！

王志强手机里珍藏着院首席专家杜庆龙带着大家一起跨年加班的合影，入镜的还有桌上的方便面和几个橘子，那是2021年元旦他们的新年晚餐。"绞尽脑汁还没有思路的时候就揪头发。我们现在好多人头发都比较少了，改成揪耳朵了。"说话时，有人忍不住摸摸自己的耳朵，然后一起哈哈大笑。

当年，铁人王进喜24小时不离钻台地"全天滚"，如今的科研"铁人们"也是"全天滚"。为获取宝贵的超薄层钻井取心资料，王志强曾扎在钻井现场40天，走的时候秋阳似火，回来时已是冬雪纷飞。数据要随钻随取，无论深夜还是凌晨，取心，洗岩心，人累得挺不住了就互相替一下，但数据监测 24 小时不能停。千辛万苦，他们终于突破 1 米以下薄层水平取心这一禁区，收获了国内首口薄油层水平井岩心。

一个梦想的奔赴

新中国的石油工业版图上有一条蜿蜒长路，是几代石油人的出征路。1960 年，王进喜含泪辞别老母妻儿，从甘肃玉门千里迢迢赶到黑龙江大庆。2006 年，时任 1205 钻井队第 18 任队长的李新民告别家人，把印有"DQ1205"的猎猎红旗第一次插到海外油田。铁人老队长"把井打到国外去"的生前夙愿由"大庆新铁人"李新民完成了。

"宁肯历尽千难万险，也要为祖国献石油。"越来越多的新时代大庆石油人追随"大庆新铁人"的脚步，以冲天豪情走向世界，点亮"中国大庆"名片。

白臣就是其中之一。2014 年，他第一次出国是去伊拉克，身份是大庆油田钻探工程公司钻井一公司 DQ009 队工程师。两年后，他担任该队平台经理，不仅将队伍的项目排名带到前列，还拿到了钻井一公司的铜牌钻井队荣誉。5 年后，他调任 DQ042 队平台经理，带队将停封 5 年、基本"瘫痪"的设备"治愈"，在甲方规定的开钻日期前安装调试完毕，并顺利开钻；在东巴格达作业区打的第一口井就创造了同类井型在当地区块的最快钻井纪录。

白臣总是能够清晰记得第一次出国的时间，因为那一天是他女儿的生日。就在他踏上国际航班的 12 个小时后，女儿出生了。9 年来，女儿像是"跳跃"着长大——第一次见面，孩子就会翻身看他；第二次见面，会爬了；再后来，会说话了……与爱人谈论的话题也总是

"跳跃",一开始讨论的是井队的人、井场的闷、伊拉克爆发战争时坚守的险,到后来就是闯新市场打破区块钻井纪录、实现扭亏解困大战略目标……他的"征途"成了星辰大海。

2022 年,白臣被调至大庆油田中东分公司公共关系部任职。在白臣眼中,他的"顶头上司"中东分公司总经理杨兆龙是个平时没有任何娱乐,除了吃饭、睡觉就是工作、学习的人,也是一个能动起来就绝不停下来的人。在海外工作 21 年,杨兆龙扎根大庆油田国际业务一路发展壮大,个人做出了极大的牺牲。有这样的"头儿"在前面带路,白臣根本就停不下来。在他心里,李新民、杨兆龙都是"铁人"。每当想到他们,心里就有了方向,身上就有了力量。

一代代勇闯海外的石油人背井离乡,用热血实现了铁人的梦想。他们牢牢记着铁人那句话:"我们一定要把祖国建设好,不受别人侵略。"

一面队旗的传递

广袤油田,沃野千里,密密麻麻布满了数以万计的井,很多井位上都插过 1205 钻井队的红旗。建队 70 年,这支铁人王进喜带过的英雄队屡创钻井新纪录,累计进尺 322.1 万米,相当于钻透了 364 座珠穆朗玛峰。

从大庆市中心到周边远郊,红旗所到之处,都流传着一个个铁人队打井的新故事。春风吹送精神的种子,在城市生根、发芽、开花,结出饱满丰盈的力量之果、信念之果。

一天,在铁人王进喜纪念馆里的一面旗帜前,一个小男孩用清脆的童音大声念出:"贝,乌,5,队!"一旁的父亲骄傲地告诉他:"这是我们队很多年前的名字。那时候，铁人王进喜还在玉门打井。"孩子立刻露出崇拜的神情。父亲名叫张晶。2018年5月，36岁的他郑重接过队旗，成为大庆钻探1205钻井队第21任队长。

在大庆油田，1205钻井队是一个神圣的存在。就像无人不知铁人王进喜一样，无人不知这支英雄队。如果开车碰巧经过他们的井场，看见井架上"铁人队伍永向前"的大字，很多人会自觉放慢车速，行注目礼；有的干脆停车拍照，发个朋友圈，必有如同潮水般的点赞。

然而，红旗不是看的。那年夏天，台风刮到了黑龙江，连续多天暴雨如注。荒野上，1205钻井队顶着大雨搬家。道路泥泞，几名队员扛起一根根钢管向百米外的新井场前进。有人脚下一滑，工靴被泥巴吸住了，他毫不犹豫地赤足前行。副队长冒雨指挥拖拉机和吊车有序就位，从早上站到天黑，靴子里灌满泥水，双脚泡得浮肿，磨破口子却全然不知。大设备陷在泥巴里，拖拉机上不去。张晶果断决定把液压站"坐到"自制拖船上，用钢丝绳拽着往外拖，双手的虎口勒出血印，汗水湿透了雨衣里面的工服。奋战近10个小时，井队当天就位、当天开钻。

荒原上，红旗猎猎，仿佛又响起60多年前战天斗地的号子声——"石油汉子，呦嘿，一声吼啊，呦嘿！地球也要，呦嘿，抖三抖啊，呦嘿！"那是老队长铁人王进喜带着大伙把井架立起来了！而此刻，是新队长张晶带着大伙把井架立起来了！新时代了，各方面条件不知好了多少倍，可是打井人野外工作的性质没有变！

2021年大年三十，首战页岩油新战场的1205队在钻探系统所有队伍中第一个完钻，全井用时33.1天……2023年9月7日，又一口古龙非常规二开水平井顺利完钻，钻井周期缩短到9.98天。张晶带领大家抓紧总结，尽快把最新经验分享给其他兄弟队。他说："要让我们这面小红旗,变成陆相非常规油气开发的大红旗!"

在大庆油田,从朝气蓬勃的儿童到白发苍苍的老人,几乎人人会唱《我为祖国献石油》《踏着铁人脚步走》。嘹亮的歌声穿越历史的时空,传遍广袤的大地。这是一个人传给一座城的精神伟力,是挺起美丽大庆的钢铁脊梁。铁人旗帜永远鲜艳,铁人精神永放光芒!

奋斗的红旗永飘扬

大庆精神铁人精神孕育产生于20世纪60年代举世闻名的大庆石油会战，是中国共产党人精神谱系和中华民族伟大精神的重要组成部分。大庆油田从诞生之日起就始终高唱"我为祖国献石油"的主旋律，60多年来，一代代大庆石油人弘扬伟大精神，赓续红色血脉，创造了令世人瞩目的辉煌业绩，将卓越贡献镌刻在了伟大祖国的历史丰碑上。大庆精神铁人精神具有丰富的内涵：为国争光、为民族争气的爱国主义精神，独立自主、自力更生的艰苦创业精神，讲究科学、"三老四严"的求实精神，胸怀全局、为国分忧的奉献精神，可凝练为"爱国、创业、求实、奉献"。

石破天惊喷油龙

悠悠岁月，记忆永存。对于大庆油田来说，有一口井有着特殊意义，那便是松基三井。这口井打开了大庆油田"神秘地宫"的大门，标志着大庆油田的发现，拉开了石油会战的序幕，是中国石油工业史上的一座丰碑。

国家缺油就像人缺血，"没有石油，飞机、坦克、大炮不如一根打狗棍"。20世纪50年代，内忧外患的局面使得新中国石油工业举步维艰。为改变这一落后面貌，石油工业部调集全国力量加大勘探开发力度，历尽艰辛寻找石油。

自此，一拨又一拨找油人踏上了松辽平原，可惜，前两口探井打完，都没有如愿喷出工业油流。

1959年农历春节，石油工业部的会议室里灯火通明，时任石油工业部副部长的康世恩顾不上过年，连夜组织地质勘探司、松辽石油勘探局开会研究第三口探井的开钻方案，这场会议从大年初一一直开到大年初三。

几经周折，被称为松基三井的井位终于确定下来。春节刚过，队长包世忠便率领松辽石油勘探局32118钻井队开始了一场冰天雪地大迁徙，目标地是130公里之外的黑龙江省肇源县大同镇新井位。没有大型吊装运输设备，他们就把总重超过100吨的乌德大钻机全部拆散，通过倒链、滚杠等土办法，用近两个月的时间，终于成功完成"蚂蚁搬家"的任务。

1959年4月11日，鞭炮声声，乌德大钻机正式开钻，技术人员严阵以待，甚至把行李搬到井场以方便严密观测生产情况。9月26日下午3时45分，一条黑色油龙顺着油管喷薄而出，油花飞溅中人们欢呼雀跃，找油的千辛万苦化作幸福的泪花奔涌而出。

中国人在中国的土地上采出了自己的石油！时值新中国成立10周年大喜大庆之际，油田便以"大庆"命名，大庆油田从此登上了历史舞台！

我为祖国献石油

榜样的力量是无穷的。在石油会战中，以铁人王进喜为代表的大庆石油人，用实干与担当在全"战区"掀起了"人人学铁人，人人做铁人"的热潮，为会战胜利提供了不竭的源泉与动力。

铁人来了

东北发现了大油田,一场规模空前的石油会战打响了。4万人马从天南海北涌向莽莽荒原,37岁的全国劳动模范王进喜也从玉门率领1205钻井队30多名队员日夜兼程赶来大庆参战。下了火车,他一不问吃、二不问住,而是"连珠炮"般提了3个问题:"钻机到了没?井位在哪里?这里钻井的最高纪录是多少?"他是带着一股子气去的:国家缺石油太难了,一定要早日拿下这个大油田,甩掉石油落后的帽子,为全国人民争口气!

钻机运到火车站,没有吊车、拖拉机怎么办?是等,还是上?王进喜的答案是:"有条件要上,没有条件创造条件也要上!没有吊车,我们37个人就是37部吊车!"就这样,他带着队员硬是用绳子拉、撬杠撬、木块垫,一寸一寸、一尺一尺地把60多吨重的钻机从火车站运到井场。三天三夜后,40米高的井架在亘古荒原上第一次立了起来!

打井需要水,水管线没有安装好,等罐车送水还要3天时间。不能空着手干等!有人提议:"用脸盆端水!"有人反对:"你们见过哪个国家端水打井的?"听罢,王进喜理直气壮地说:"就是我们中国!我们就是尿尿也要打井!"于是,大家伙把冰泡子砸出个大窟窿,大桶、小桶、脸盆、水壶一齐上,全部被用来装水运水,一天一夜后,几十吨水运足,第一口井提前开钻。

第一口井钻完搬家时,王进喜的右腿被突然滚落的钻杆砸伤,腿伤未愈的他硬是挂着拐杖,一瘸一拐地在现场指挥第二口井开工。一天,轰隆一声响后,钻机上几十斤重的方瓦忽然飞了出来,如不及时压井,随时可能出现因井喷而导致的井毁人亡的惨剧。千钧一发之际，压井用的重晶石粉却告了急，于是，王进喜果断决定，用水泥压井！只听他大吼一声，扔掉拐杖，纵身跳进齐腰深的泥浆池，带着伤拼命搅拌泥浆，几名队员见状也毫不犹豫地扎了下去。奋战3个多小时后，井喷终于得到控制，油井和钻机保住了！然而，王进喜的手上身上却被强碱性泥浆烧起了大泡，同志们把他扶出来时，腿部钻心的疼痛使得他扑倒在钻杆上，豆大的汗珠不停地从脸上滚落下来……

由于长期高强度的工作，正值壮年的王进喜被确诊为胃癌晚期。临终前，他将一个纸包交给组织，里面是他住院以来组织分发的补助款和一张记账单。原来，组织给的钱，他一分未动。他说："这笔钱，请把它花到最需要的地方去，我不困难。"1970年11月15日，年仅47岁的王进喜与世长辞。

"宁肯少活二十年，拼命也要拿下大油田！"在大庆油田，王进喜用自己的汗水和生命，践行了这句铮铮誓言。

一枚刮蜡片

石油会战中，冰天雪地的井场旁，一场事故分析现场会让在座的所有人脸红耳热，事情起因于一枚小小的刮蜡片。一天，大庆油田采油一厂采油三矿四队的一名学徒工在清蜡时误将一枚刮蜡片挤扁，却没敢向队里报告。这一失误，很快被细心的辛玉和队长发现。辛玉和及时批评教育了这名学徒工，又召集全体队员到事故现场，深挖思想根源问题。

这位以严细出名的转业军人队长，自第一口油井清蜡开始，就始终坚持用放大镜一寸一寸检查每口井长达1500米的清蜡钢丝。他说："采油工人的工作是单兵作战，没有老实的态度、严格的要求，是管不好井的。"

现场会后,年轻的学徒工深受触动,主动要求把那枚变形的刮蜡片挂在会议室墙上,以时刻警示每一位工友。

后来,辛玉和的工作经验被归纳为"三老四严"作风,即对待革命事业,要当老实人、说老实话、办老实事;对待工作,要有严格的要求、严密的组织、严肃的态度、严明的纪律。这一作风体现了石油人质朴的诚信理念、勇于自我约束的优秀品质和敢于担当的奉献精神,也被一代代大庆人不断传承并发扬光大。

百年油田铸丰碑

中国特色社会主义进入新时代,习近平总书记"当好标杆旗帜、建设百年油田"的重要指示精神,为大庆油田树立了前行标尺、指明了前进方向。非凡十余年,大庆精神铁人精神不断创新发展;非凡十余年,松辽平原上的红色血脉,正以新的磅礴力量书写新的时代辉煌。

莽莽荒原,巍巍钻塔。2020年底,踏着皑皑白雪,1205钻井队开赴古龙页岩油试验区这一勘探开发新战场。第一口井钻到2300米,进入人称"魔咒"的青山口组时遇阻,危急时刻,第21任队长张晶整夜坚守钻台,寸步不离指挥打井,鏖战七八个小时后,终于将地下井壁稳住。除夕那天,1205钻井队在所有大庆钻探队伍中第一个完钻,全井用时33.1天,比设计用时提前12.9天。1205钻井队勇闯"无人区",取得征战页岩油首战的胜利!

一次次加速,一次次超越,铁人队伍永向前。2023年9月7日,由1205钻井队施工的又一口古龙非常规二开水平井顺利完钻,钻井周期9.98天,创出油田陆相非常规井钻井周期最新纪录。"时代有我,用我必胜!"铁人队伍的豪迈誓言在广袤的大地上空久久回荡。

夜深了,大庆油田勘探开发研究院一间实验室里的灯光还亮着。"大家再琢磨琢磨,不同油层的参数有什么差异,对产量有什么影响?"页岩油研究部署项目经理部经理张金友和团队正就如何突破非常规石油勘探开发瓶颈问题进行讨论。

自2018年与非常规油气打上交道后,这位"80后"石油科技"领军人"心里只想着一件事:怎么把地底下"藏"起来的油采出来?1000多个日夜,在凉森森的岩心库里,张金友带着团队无数次把上百斤的岩心从架子上搬下,用刷子蘸着冷水细细清洗,再蹲着观察岩心沉积纹理、裂缝特征……最久的一次攻关,他和团队"连轴转"了两个多月,在办公室里"凑合一宿"成了家常便饭。腿跑细了,人累瘦了,在分析梳理了几十万条数据后,张金友终于在齐家—古龙地区几千米地下找到了打开致密油气的"金钥匙",取得了大庆油田陆相非常规油气新类型从"0"到"1"的历史性突破。

从"0"到"1"的历史性突破

艰难困苦,玉汝于成。伟大的党培育伟大的精神,伟大的精神引领伟大的时代。

江山壮丽、精神不朽。新时代的大庆人牢记习近平总书记的殷殷嘱托，胸怀"国之大者"，高举红旗、阔步前行，为国家端牢能源饭碗、实现中华民族伟大复兴而踔厉奋发、不懈奋斗！

第一辑 美丽油田

新铁人故事

"宁肯把心血熬干,也要让油田稳产再高产。"

王启民,浙江湖州人,1937年9月出生,大庆油田原总经理助理、副总地质师。先后主持参与8项重大开发试验项目、40多项科研攻关课题和大庆油田"七五""八五""九五"开发规划编制研究等工作,获得"国家科技进步特等奖""国家科技成果特等奖"等19项奖励,创造了巨大的经济效益,其中"表外储层"开发研究,为大庆油田增加7.4亿吨地质储量;超高分子量聚合物驱新技术,实现经济效益近3亿元。曾为中共十五大代表、第十五届中央候补委员、第五届全国人大代表。获"李四光地质科学野外地质工作者奖",被评为"100位新中国成立以来感动中国人物""最美奋斗者",2018年中共中央、国务院授予其"改革先锋"称号,2019年中共中央、国务院授予其"人民楷模"国家荣誉。

一

1959年9月26日松基三井出油,宣告了大庆油田的诞生。第二年,数万人马从全国各地挺进萨尔图草原,轰轰烈烈的松辽石油大会战开始了。

1960年的"冒烟雪"漫卷荒原,4月1日晚上,松辽石油会战第一探区葡四井试油队队长郭子正收了一个"新兵"。23岁的南方人王启民风尘仆仆来报到。这位年轻人个子不高，皮肤白净，他里穿大棉袄、大棉裤，外裹羊皮袄，作为北京石油学院石油地质系1956级大四学生，能和老师同学们一起参加松辽石油大会战，他特别兴奋，早听说北大荒特别冷，冷算什么，只要有石油，只要国家需要我们！

第一天上班，队长抬手朝着结了冰的大泡子尽头一指，让他去找四号井。他深一脚浅一脚地穿过"冰泡子"，扒开芦苇丛往前走，只听见远处传来"嗷呜嗷呜"的狼嚎声，他抱着一根棍子给自己壮胆，继续走，好不容易才找到这口因井口流程简单而被称为"光屁股"的井。

队里人手少，实习生王启民很快成了技术员，他每天雷打不动录取生产数据，一共20项72个数据。夏天上井要蹚过"水泡子"，水退后露出大泥巴，走着走着，咦，鞋没了，被泥巴吸了进去。队里没有房子，只能住在附近老乡家，每天上班要走很远的路，王启民索性就住在井旁边的水套炉房子里不回去。后来他们自己动手和泥脱坯，在井场边上盖了干打垒。

同事都是转业兵，不知道怎么搞石油，王启民这个大学生白天看井，晚上办夜校，给队员们讲操作规程和注意事项，工作干得很扎实。8个月实习期满，队里成了全探区的"标杆队"，王启民被评为"三级红旗手"，实习生里只有他一个得此荣誉。

二

发现了大油田，可怎么开发大油田？油田开展十大试验，王启民天天加班，爱人怀孕要临产了也顾不上，她只好拖着笨重的身子准备回北京娘家去生产。万万没想到，火车刚到锦州女儿就出生了，女儿因此得名"锦梅"。此时，王启民伏案整整三天三夜在赶写实验报告。

油田开发初期遇到"水患"。"开采三年,水淹一半,采收率不到5%。"注进地下的水乱窜不听指挥,就像埋了"定时炸弹",王启民一心要把"炸弹"挖出来!

王启民被派到油田中区西部搞注水开发试验。他十分珍惜这个机会,白天上井取样化验,晚上带领试验组讨论研究。送玻璃油管的汽车距离井场还有一段路时,轮子深深陷进泥巴里动弹不得。身体单薄的他,毫不犹豫地和工人师傅一起把管子扛进去。

3个月后,王启民从现场满载而归,又开始做室内模拟实验,经过2000万次技术对比分析,他发现大庆油田地下油层厚薄不匀,应当采取分层注水,并在某些油层放大注水量。于是,他针对大庆油田与众不同的"体质",大胆提出"早期内部注水,保持压力开采"的应对措施,对国际上的"温和注水"理论提出挑战,他的这一想法不禁引起业内一片哗然。在领导的支持下,王启民经过艰苦试验,使主力油层恢复"青春",使曾经"灭迹"的一批高产井恢复活力。

三

王启民没有满足于现状,在科研的路上继续跋涉,国家缺油,他恨不得把地层掀开,把地下的情况搞个明白。天寒地冻,住的帐篷四处透风他浑然不觉,经常通宵工作,很少回家。恶劣的工作条件使他患上了严重的风湿病,风湿从腰部窜到了四肢、手指和眼睛。坐下站不起来,站着坐不下去,双眼肿得像烂桃子,头疼欲裂,有一次上井路上摔倒了好半天才爬起来,爱人知道了心疼得流下眼泪。医生确诊他得了强直性脊椎炎必须休息,他摇头说:"试验正是关键时期,我不能离开。"

功夫不负有心人,中区西部试验区原来的日产量仅为百吨,1970年试验开始后,王启民率队采集了1000多万个数据,绘制出了大庆油田第一套试验区高含水期地下油水饱和度图,创新提出"分层开采"方法,试验区产量第一年升到日产1000吨,第二年达到日产2000吨,此后连续10年稳产,单井日产40吨不降。这一时期,大庆油田原油产量平均以每年28%的速度递增,提前五年实现稳产5000万吨目标,跨入世界特大油田行列。滚滚石油为国家换回大量外汇,其中最高年份,全国每100元换汇额,就有大庆石油创造的14元。

20世纪80年代,大庆油田逐步进入高含水期。王启民向领导大胆进言:向渗透性极差又极薄的表外储层要资源。人们又被惊到了。岩心上的含油砂岩只占30%,大泥巴里怎么采油?可是国家需要油,他要"啃"下这块"骨头"。

随着表外储层开采试验列入大庆第二个十年稳产开发试验研究的重点项目。王启民组织人员对大庆长垣上千平方公里的区块进行大摸排,对1277口井逐一分析对比,发现虽然分开看油层很"瘦",但合起来却很"肥"。他坚信,"禁区"既然是人定的,就可以打破它!

有人说这是"天方夜谭",有人说他是"疯子",王启民全然不顾,日夜扎进"表外储层"里苦苦求索,从石油形成的机理,到砂岩体之间的关联,再到水驱规律,每一个难点都令他茶饭无味,每一次突破都令他甘之如饴。日复一日地坚持下去,8口试验井连续19个月累计产油5757吨,试验效果出来了,油田第一次加密方案开始实施。1985年,由于表外储层的开发,大庆油田累计增加7.4亿吨的地质储量。这一时期,王启民主持部署12000口新井,大庆油田昂首超越第一个稳产十年的目标线,迈向油田第二个5000万吨稳产十年。

进入20世纪90年代,大庆油田要考虑年产5000万吨以上稳产30年的问题了。"我有把握将油田高含水期向后推移5年乃至更长时间！""把每年的含水上升控制在0.3%左右。"王启民再次语出惊人。经过充分准备的他拿出"三分一优"结构调整方法，轰轰烈烈的"稳油控水"系统工程开始实施。苦战到1995年，油井老龄化趋势被有效控制，大庆油田的稳油控水成功了。同一时期，中国石油"稳定东部、发展西部"战略捷报频传，油气产量稳步上升，大庆油田为此发挥了"压舱石"作用，立了头功。大庆油田高含水后期"稳油控水"系统工程获中国石油天然气总公司科技进步特等奖。同年，功勋卓越的王启民荣获孙越崎科学教育基金奖能源大奖。1996年12月，"大庆油田高含水期'稳油控水'系统工程"项目获国家科技进步特等奖。

四

在王启民家书房的玻璃板下，有三张不同年代与国家最高领导人的大幅合影，他十分珍视。2019年9月29日上午，在人民大会堂金色大厅，中华人民共和国国家勋章和国家荣誉称号颁授仪式隆重举行，中央电视台现场对全球直播。在亿万国人瞩目中，雄壮激昂的《向祖国致敬》乐曲声响起，王启民精神抖擞走向授勋台。习近平总书记亲切地与他握手，向他表示祝贺，把金光闪闪的金质绶带和奖章挂在他胸前，同他合影。

"社会主义是干出来的，就是靠着我们工人阶级的拼搏精神，埋头苦干、真抓实干，我们才能实现一个又一个的伟大目标，取得一个又一个的丰硕成果。"习近平总书记讲过的话，久久激荡他的内心。科技创新的路，必然是那条最远最艰苦的路，没有捷径。

一个甲子过去了，大荒原变成了大油田。王启民也从23岁的毛头小伙变成了白发苍苍的耄耋老人，但他始终与大庆油田的命运紧紧连在一起。王启民9月26日出生，与大庆油田发现日是同一天，他坚信自己的这辈子就是为石油而生。在这片处处有"铁人"名字，讲"铁人"故事的热土上，他遗憾欠下了亲情债、健康债，但对油田从未离开过一寸脚步，从未动摇过一分初心。他为石油奋斗了一辈子，他感动了全中国。

"人民楷模"王启民

"宁肯历尽千难万险，也要为祖国献石油。"

李新民，男，1967年6月出生，1990年7月参加工作，1994年5月加入中国共产党，曾在1205钻井队担任钻工、技术员、副队长、党支部书记、第十八任队长，2006年担任GW1205钻井队平台经理，现任大庆油田国际勘探开发公司总经理，第十一届全国人大代表，全国劳动模范、"最美奋斗者""大庆新铁人"，中国石油天然气集团有限公司"特等劳动模范"，全国优秀共产党员，中国共产党第十八次全国代表大会代表。

一

天空艳阳高照，北京处处花团锦簇、红旗飘扬，庆祝中国共产党成立100周年大会在天安门广场隆重举行。观礼席中，李新民身穿"石油红"工服、胸前佩戴"全国优秀共产党员"奖章，回想自己带着铁人钻井队一路拼搏，从在国内站排头、扛红旗，到勇闯海外立标杆、创纪录，用行动践行了党旗下的铮铮誓言，为保障国家石油战略安全出一份力量，心情格外激动。

在职业生涯中，李新民最珍视的身份便是自己担任铁人王进喜带过的1205钻井队的第18任队长。他永远也忘不了，自己这个农村孩子因当年家里生活困难差点没有完成学业，如果没有党和国家的帮助和培养，他就没有机会中专毕业来到大庆工作，更没有他的今天。1990年，李新民从大庆石油学校毕业后被分配到大庆油田工作，幸运地成为1205钻井队的一员。这里是铁人王进喜带过的英雄队，铁人精神从这里发源。"来到铁人队，就要长出铁骨头！"老队长的崇高品格、铁人队的光荣传统，深深感染了年轻的李新民，他暗下决心：一定要干出个样儿来！

工作不到两个月，李新民就遇到一个考验。在一次班组技能竞赛中，由于技术要领掌握不到位，他打大钳时总是不达标。当时他的体重不到100斤，而一个大钳却重达300多斤，别人抡起来虎虎生风，可是他使足了全身力气也搞不定。为了快点追上师傅们的脚步，李新民一有空就独自在钻台上面跟大钳较劲，经常一练就是一两个小时，胳膊抡肿了，手磨出了血泡，吃饭时手指疼得筷子都拿不住。不到半年时间，不服输的李新民练就一身硬本领，井队6个岗位的工作全部都能胜任，师傅们很喜欢这个年轻人。

二

李新民在钻台上迎风斗雪一步一个脚印地成长。2003年,组织任命他接任1205钻井队第18任队长。他把铁人老队长讲过的"干,才是马列主义;不干,半点马列主义也没有"牢牢记在心里。

1959年,铁人王进喜作为石油战线的劳动模范到北京参加"群英会"。看到大街上许多汽车背着煤气包在跑,王进喜难过得蹲在路边流眼泪。国家缺油啊,国家太难了,为甩掉"贫油"的帽子,老铁人带头大干,"宁可少活二十年,拼命也要拿下大油田",在松辽盆地上掀起惊天动地的石油大会战。一年又一年,凝结着石油工人血汗的黑色石油滚滚流入新中国的工业血脉。

几十年过去,中国经济飞速发展,中国石油迎来一次又一次飞跃,国家开始实施"走出去"战略。"要把井打到国外去!"这也是铁人老队长的夙愿。

2006年,李新民担任海外钻井队DQ1205队的队长,率队来到出国打井的第一站,红海西岸,撒哈拉沙漠东端,被称作"世界火炉"的苏丹。到了苏丹,李新民才发现高温不过只是个皮毛,更多的困难还在后面。设备运抵苏丹港港口时,当地海关人员望着堆积如山的金属部件,向中方项目组的6名成员直摆手:"就你们几个人,怎么可能按时完成清关任务?"

然而,这支中国人的队伍用行动给出了坚定回答。李新民带着大家每天工作在货船上,饿了就啃一口又干又硬的干粮,渴了就喝一口矿泉水,困了就靠在设备上打个盹儿。炎热、焦急、劳累,李新民嘴上起了一层火泡,队友们相继中暑。但是,他们咬紧牙关,无人退缩。6人、6个日夜,成功完成了清关。17天、102车设备,运到 1600 公里外的井场。中国人创造了苏丹港同类钻井设备清关人数最少、时间最快的纪录。在随后的日子里,还是这支队伍以专业的技能、出色的成绩,赢得了海外市场的充分认可。在海外工作十几年,李新民带领 DQ1205 钻井队先后刷新了当地 42 项纪录,两度获得苏丹政府颁发的钻井施工队伍的最高荣誉——钻井杯。

"大庆新铁人"李新民

2017 年,李新民担任大庆油田中东分公司经理、党总支副书记。刚一上任,他便马不停蹄地带领市场部联系合作方,与伊拉克、沙特阿拉伯、科威特等国家石油公司搭建了畅通有效的沟通渠道,一年内实现合同额同比大幅度增长。新时代的铁人队伍要在国际项目的淬炼与考验中,不断获得新的提升,李新民心里始终坚持着这一信念。当年,铁人老队长王进喜"宁肯少活二十年,拼命也要拿下大油田",如今他要带着 1205 队继续前进,宁肯历尽千难万险,也要为祖国献石油!

三

李新民的妻子王伟曾经感慨地说："世界上什么声音最好听？那一定是新民回家开门的声音啊！"妻子的话狠狠地击中了李新民的心。他知道，作为石油人的家属，特别是海外石油人的妻子，很多困难必须妻子一个人扛。这么多年，妻子知道李新民去工作的地方有的很危险。她时常关注海外新闻，知道他所在的区域可能有抢劫事件、有武装冲突、有人员伤亡。但是，直到她看见他工作簿里夹着的那张照片，才真正意识到危险离他们那么近。照片上，偌大的越野吉普车身上竟有一个触目惊心的大窟窿，翻卷的车皮、烧焦的痕迹，仿佛在诉说它的恐怖经历。哪怕车速稍慢一点儿，火箭弹就会穿过人们的胸腹；哪怕弹道再低几厘米，就会击中油箱，一车人便会灰飞烟灭。后来李新民告诉她，万幸那次大家只是受了点儿轻伤。

在海外工作多年，李新民曾三次直面冰冷的枪口，每次他都站在最前面为队友们挡危险。在李新民心中，身处国外，队友就是最亲的家人。有一次，一名外籍雇员错误操作致使100多斤重的套管钳突然坠落，砸到了机械师小戴的头上。只听"咣"的一声，他便坐在了地上，半天没动弹。好在有安全帽保护，人没什么大碍。缓过劲儿的小戴，气冲冲地冲向那名外籍雇员，激动地理论起来。然而，两人语言不通，争执不下。情急之下，那名外籍雇员报了警。

李新民听说后，火速赶往现场，还没等他问清楚情况，已经有七八个手持冲锋枪的当地警员冲进井场，把中方人员团团围住。得知李新民是负责人，一把枪立刻顶住他，命令他交出小戴。李新民想先把事情的原委了解清楚、解释清楚，以促使大家握手言和。但是，跟对方的沟通十分困难，对方一门心思要抓人。李新民索性心一横，直言道："抓走我的人，绝对不行。非要带走谁，那就带走我！"紧张的气氛一触即发。就在这时，一名警员的电话响了，是当地警长的来电。原来，李新民闻讯赶来前，已经联络了当地警长，就怕有个什么闪失。果不其然。警员接完电话，才耐心听了李新民的解释，剑拔弩张的冲突得以平息。

有人问李新民，为啥这么拼？他的回答很实在："作为石油工人，就要为祖国建设献石油，就应该为此不懈奋斗。"

榜样的力量传承不息

大庆油田是始终高歌"我为祖国献石油"的热土，也是英雄辈出的沃土。1960年，以开展石油大会战为标志，王进喜和他的队员们，仅用5天时间，就打出了到大庆后的第一口油井。一举把中国"贫油"的帽子甩进了太平洋。进入20世纪70年代，以"二代"铁人王启民为代表的广大石油工作者，则是科技兴油保稳产的杰出代表。坚持"宁肯把心血熬干、也要让油田稳产再高产"的信念，王启民成功解决了大庆油田开发建设中一系列核心技术难题，为大庆油田连续27年年产原油5000万吨以上做出突出贡献。2006年，"大庆新铁人"李新民带领1205队把井打到了国外去。在苏丹，他们8年创造42项当地钻井纪录。在伊拉克，他们只用了47天就成功打完了一口3167米的水平井，比设计节省了19天，一举打出了"大庆速度""铁人水平"，创出哈法亚油田的最高纪录。目前，大庆油田勘探开发、工程技术、工程建设、装备制造等重点业务已覆盖中东、中亚、亚太、非洲和美洲等五大区域26个国家和地区。

中国石油的发展史，是一代又一代石油人继承和发扬大庆精神铁人精神的创业史、奋斗史、奉献史。从铁人王进喜到"新时期铁人"王启民，再到"大庆新铁人"李新民，三代铁人故事就是一部油田发展史、奋斗史。时代不同,铁人的故事各有不同,但铁人精神是一脉相承的。

他们像老铁人一样,牢记"这困难,那困难,国家缺油是最大的困难",国家利益永远是他们心目中的最高原则,永远把爱国精神同热爱大庆、热爱工作紧紧联系在一起。国家需要就是王启民的最高志愿,为了国家利益他宁愿舍弃自己的一切,他们所做的一切努力,都是为了国家多出油,都是为了国家的繁荣与富强。在大庆油田开发建设的各个时期,王启民始终奉献在石油科研一线。他一生以"石油之子"自勉,为大庆油田高产稳产呕心沥血,终生不悔。李新民自从接过队旗,就率领1205钻井队这支英雄队伍转战松辽,创造了无数个全国第一,第一个累计进尺突破200万米大关,第一个实现连续15年人均每年向国家交一口井。他率队征战海外,历尽千难万险,圆铁人"把井打到国外去"的梦,以实际行动"为国分忧、为民族争气"。

他们像铁人一样,牢记"有条件要上,没有条件创造条件也要上",把艰苦奋斗、顽强拼搏的创业精神继续发扬和传承,都以超出常人的毅力干出一番超出常人的成绩。每一个油田技术开发的关键时刻,王启民总是挺身而出,无止境攻关科研,无禁区挑战极限。他处处以铁人为榜样,把一生心血全部奉献给了他热爱的大庆油田开发事业,为了油田长期高产稳产,他攀登了一个又一个高峰,攻克了一个又一个难关,他取得的每一项科研成果都付出了超出常人的艰辛和劳苦。李新民几十年如一日扎根一线、艰苦奋斗,把全部精力和满腔热情都倾注到钻井事业中。像铁人老队长那样,他带领1205钻井队实现了由单一井型向多种井型、由直井向特殊工艺井、由速度型向效益型、由国内作业向海外作业的跨越。

他们像铁人那样,牢记"干工作要经得起子孙万代的检查",坚持锲而不舍、敢于攻关的求实精神。王启民敢为天下先,直面业内争议和质疑，闯出"中国式注水开发"的新路，主持研究并提出了"分阶段多次布井开发调整"理论，其中表外储层开发利用打破了国内外认为不能开采的"禁区"；他主持的油田高含水后期"稳油控水"项目研究，为大庆油田实现27年5000万吨以上高产高效持续开发做出重要贡献。面对前进道路出现的新情况、新问题，李新民一是不怕，藐视它。二是敢闯，有个细劲儿。他带领1205钻井队瞄准国际钻井高水平，苦练本领，创新管理，在自然环境极其恶劣的苏丹，在战火纷飞的伊拉克，克服55℃的极端高温、没听说过的热带传染病等诸多困难，在高密度、高泵压、高含硫的复杂地质条件下，提前11天打成了当地第一口水平井，立起了标杆，树牢了旗帜，在海外叫响了"中国名片"，让铁人精神在海外市场发扬光大。

他们像老铁人那样，牢记"宁肯少活二十年，拼命也要拿下大油田"的钢铁誓言，在他们的字典里永远是国为重，家为轻，找油最重，个人最轻。他们兢兢业业，克己奉公，舍小家顾大家，在各自岗位上倾情唱响同一首《我为祖国献石油》，无怨无悔。王启民他干起工作来什么也顾不上，就像上了发条，根本停不下来。工作使他的风湿病越来越严重，但依然坚持战斗在科研一线，家里的事顾不上，他的心里只有科研。对于李新民来说，井是他的命，油是他的魂。常年在外打井，几乎每一个春节都是在井上过，每一次孩子的家长会都是缺席。在家人心里，他回家的日子是最隆重的节日，他回家开门的声音是最美妙的声音。

岁月更迭，精神的火炬在一代代石油人手中接续传承。大庆精神铁人精神展现出来的中国工人阶级的崇高品质和精神风貌，永远是激励中国人民不畏艰难、勇往直前的宝贵精神财富。江山壮丽，人民豪迈，前程远大，永葆红旗本色，精神一脉相承，榜样的力量、传承的力量无穷，铁人精神永放光芒！

把好变成更好

北方的春，总是盛放得晚一些。时值五月，广袤的大庆油田再次溢满生机，大片的新生芦苇随风摇曳。

井排路上，一辆油田皮卡经过，地上觅食的麻雀呼啦啦地飞走，四散落在树枝上，车上的人从车窗向外看了眼刚经过的电线杆转角杆上的装置，那正是他的作品——转角杆安装防护板驱鸟器，能够防止小鸟在电线杆上筑巢引起"鸟祸"，减少电力故障。

"没问题，电路安全，小鸟也安全！"

他叫刘可夫，是大庆油田第三采油厂数字化运维中心数控运维室维修电工。44岁的他用青春与电斗争，与电为伴，解决了数不清的油田生产难题，摘下了一个又一个桂冠。2023年12月，中国能源化学地质工会第九季全国能源化学地质系统发布100名"身边的大国工匠"名单，43岁的中国石油天然气集团有限公司技能专家刘可夫，光荣上榜，为大庆油田再添一名"大国工匠"！

痴心练就金牌选手

2002年，23岁的刘可夫放弃一家世界知名软件公司的高薪挽留，回到了大庆油田，成为采油三厂电力大队的一名配电线路工。

外线队很苦，"上杆"是第一关，看着老师傅脚插进"脚扣子"登上12米的高杆，再用提绳把50斤重的维修零件拽到杆顶进行安装，全套动作很溜，他却不行。他就和电线杆较起了劲，中午顶着大太阳爬杆、在家也是经常一条腿站着，腿上拽一袋50斤的大米，拉横担、绑瓷瓶、挂悬垂，反复模拟上杆操作。一个多月后，他成了队里"上杆第一人"，登杆速度比老师傅还快。

刘可夫是个左撇子，左手食指有很厚的茧子，肌肉也比右手发达很多，这都是"自找苦吃"的结果。电力维修往往都是在紧急之时，动作必须干脆利索，力争速战速决，而电工常用的动作就是拧螺丝。拧螺丝不难，可要练快不容易，刘可夫随时随地搓动手指模拟拧螺丝，给自己规定必须要在多长时间内完成既定频率，速度达不到就不停地练，达到了就再提速。刘可夫拧螺丝拧着魔了，看书时拧，睡觉前拧，甚至上厕所时也拧，越拧越快，接线操作速度是别人的5倍。

实际操作越来越精，理论知识也从没落下。一开始，刘可夫看不懂电路图，也不了解电子元件，他就抓紧学习，研究图纸，泡现场，跟在师傅后面问这问那，把学习资料做成一张张小纸条，午休时、班车上、吃饭时，走到哪看到哪、背到哪……为了能参透高深复杂的电子设备，让理论融会贯通，刘可夫反复精读过《PLC编程》《变频器》等100多本专业维修书籍，很快，他成了队里的技术骨干。

队长见他这么好学，推荐他去参加比赛。一考试，他就得了个全厂配电线路工青工组第一名，被聘为厂内部技师。领导发现了好苗子，决定调他去技术含量高的电工二队，要好好培养。刘可夫天天回家看图纸，请教当过电工的父亲。老电工退休十多年了，依然能清楚地画出自己所供职变电所的全部电路图，"这多亏了我儿子，时不时就要'强制'我复习，记不清还不行，架不住他问得太细。"在自身努力与"血脉传承"的双重加持下，他又拿回了一个冠军。

2006年，刘可夫调入技术要求非常高的变检岗，很快又成了技术骨干。这个不爱说话的小伙子每天坚持学习，白天在检修中遇到问题，回来就一个人在宿舍里琢磨。一天晚上，为搞清一个继电保护动作原理，他骑自行车十几公里，到厂区追到师傅家里请教。

他一路疯狂学习，披荆斩棘、不断提升自我。

2011年，在华北油田，一场竞争更激烈的大赛开始了。那是一次中国石油电力系统综合性维修电工的高端比拼，比的是接线和配盘操作。刘可夫没干过这个工种，集中培训时，他就观察别人怎么接线，发现有的高手只需看一眼，就能徒手把线窝得尺寸非常精密。一根根金属线把手磨破了，磨出血泡了也不停。他不禁疑惑：徒手接得多疼啊！为啥不用工具呢？有人告诉他，工具会把线窝出印，不标准，再说也不习惯用工具，觉得别扭，不如直接上手简单。刘可夫却想：那我把工具磨一下，没有弧角了，不就没有印了么，而且也不伤线。苦思冥想之后，神奇的工具问世了，刘可夫为自己特制了一把钳子，一开始手持工具窝线是比徒手慢，但形状很好看，而且熟练后动作越来越行云流水。这把神奇钳子刷新了人们的固有认知，成为行业首创。比赛结束，刘可夫得了个采油厂电工第一名，评委向他竖起大拇指。

此时的"工匠精神"已初具雏形。刘可夫不仅会对困难追根究底，会对实现的方法千锤百炼，更会对行走的道路另辟蹊径，电工刘可夫从此名声大噪。

在一场大庆油田的维修电工技术大赛中，主办方统一给选手项目要求，电路图纸自行设计，只要有效完成电路功能就行。比赛时，出现了一套精简实用的控制电路，以更可靠更有效的办法完成了设计，这个电路的设计者就是刘可夫。赛前，他琢磨了好久，夜深人静了还在写写画画，睡梦中都在苦苦思考。终于发现几条电气线路走向特征,如果将它们互换,电路将达到最优,于是,他画出了一张新图纸并加强训练。

一次次的痴心琢磨将他人生的"电子元件"连接,照亮了这位电工的青春,带领年轻的刘可夫一次次登上大赛领奖台——2009年黑龙江省职业技能竞赛(电工)一等奖、2011年中国石油天然气集团有限公司职业技能竞赛(电工)第二名、2012年国资委中央企业技术能手和中央团工会青年岗位能手称号、2013年大庆油田公司维修电工电视争霸赛中保持霸主地位、2021年全国技术能手!

匠心铸就金牌教练

2021年,油田电力培训中心的老师给大家"开小灶",播放了一段刘可夫当年训练时用剥线钳配线的视频,全套动作行云流水,令人叹为观止又百思不得其解:同样是人,为啥他那么快?

刘可夫训练和比赛的录像是很多人学习的宝贵资料,这其中就包括张浩。张浩知道,刘可夫每天早晨要跑步五公里,用很重的钢球训练手指灵活度,手腕上绑着沙袋锻炼臂力和旋转速度。而张浩与刘可夫的"渊源"要追溯到多年前。

2015年的夏天,在大庆油田技师学院举办了一场中国石油系统内的电工大赛,正在学院接受入职培训的张浩有幸作为工作人员大开眼界。

"那绝对是一场实力悬殊压倒性的比赛!"多年后回想起来,张浩仍旧激动。

那是一场室内电路配线PK赛,按照规定,选手要在紧张的20分钟内完成设计程序、编辑输入程序、配线路径设计、安装接线试验等多项任务。比赛临近结束时,所有人都忙得满头热汗,有一个人却已经提前5分钟完成比赛内容,站在那里"卖呆"。这名选手身材瘦高,目光笃定,他气定神闲的样子看呆了众人,金牌毫无悬念被他轻松摘走。赛后,张浩好奇地打听:"那个最快的是谁?"有人告诉他:"他就是刘可夫!"

"刘可夫?怪不得!"张浩兴冲冲地回到技师学院,告诉学院聘任的配电线路电工师傅刘俭:"我看见您儿子了!他配线太快了,把别人比没影了!"刘俭笑了。

张浩是第一次见到"活的"刘可夫,真人比他想象中还要厉害。一粒种子,似乎种在了他的心底。

2021年,张浩在采油五厂基层队当电工五年了。这一年,他鼓足勇气报名参加大赛。上培训课时,他惊喜地发现,教练名单中有刘可夫。时隔六年,此时的刘可夫又添了一串殊荣——"省首席技师""省政府特殊津贴""省劳动模范""龙江工匠",各种省部级革新成果、国家级奖项和专利拿到手软。

经过苦练,张浩突破重围成为200多人中最后留下的5人之一。刘可夫开始一对一陪伴辅导张浩。他比张浩大几岁,为人真诚,每次碰上难题求教,他都尽最大努力帮忙,自己懂的给讲明白,不懂的就给推荐专家。

"我师傅特别谦虚,总是拿别人的长处比自己的短处,把我抬高,把他自己降得很低,他说这叫赋能,增强我的自信心。"张浩说,"我师傅总是把自己的参赛经验毫无保留地'掏'出来,从不藏着掖着,常使我茅塞顿开,眼前一亮。"

说起自己师傅,张浩滔滔不绝,自豪的神情溢于言表。刘可夫带过的其他学员都和张浩有同感。

一个寒冷的冬日，在大庆油田铁人学院的现场培训课上，刘可夫为一名始终不敢上杆的年轻学员一遍一遍地做登杆示范。室外温度零下二十七八摄氏度，刘可夫反复上杆下杆，汗水滴下额头冻在工服上。他耐心地为学员讲解并鼓励："上杆的力量主要集中在脚扣，只要在脚扣上站的角度正确，上杆就可以避免危险。"学员终于战胜自己，顺利下杆，刘老师赶紧脱下自己的棉服给他披上，学员感动得眼圈都红了。只用三天，刘可夫的学员全部通过上杆难关，成绩在全校班级中遥遥领先，被尊称为"大师傅"。

"大师傅"太忙了。常常是正训练着，就有外省、外油田的同行打电话求助，不是设备出了问题，就是技术上遇到麻烦。在中国石油电工系统，很多人都知道刘可夫，他们甚至在遇到麻烦时，第一时间不去联系厂家，就愿意打电话找这位集团专家。"因为刘可夫本事大，人又随和，有求必应，办法管用，找他能一步到位，有效率。"这是来自同行的肯定。

油田内部，有很多人想认识刘可夫，先转道来问徒弟张浩。张浩就说："我师傅人好，会得多，我给你电话，他肯定愿意告诉你。不过你问题解决就可以了，千万不要唠起来没完，他可没功夫，要是电话占线太久，就可能有四五个电话打不进来。"

一次参加比赛，承办单位安排张浩和刘可夫这对师徒同住。第一天午休，刘可夫这个集团专家协会副主任，整整一中午都在接各种工作电话，到了下午，他实在不忍心影响张浩休息，就把徒弟"撵"跑了。还有一次，在食堂吃饭时，张浩发现师傅眼圈发黑，就知他最近又连续开"夜车"了，睡眠严重不足。可即使顶着"熊猫眼"，一到了实训场，刘可夫就像打了鸡血一样，状态马上回来了。不管多忙多累，"大师傅"总是把最好的状态拿出来，带好每一位学员。

从不藏私的刘可夫桃李满天下。2004年至今，他每年为大庆技师学院培训油田员工从500多人次增至1100余人次，为采油三厂内部培训过多少人，连他自己都数不清。培训繁忙季，他每天早早出门，赶往一处处实训教学课堂，中午还会抽空赶回单位到生产现场领衔技术攻关，常是顶风冒雪，披星戴月，每天驱车百十公里，足迹遍及广袤油区，亲传弟子遍地开花。2019年12月，徒弟陈曦获聘高级技师；2020年5月，徒弟柏云龙获聘高级技师；同年11月，徒弟曹杰等11人获聘高级技师。2021年，刘可夫作为第三届全国油气开发专业电工职业竞赛教练，他带的选手张浩、王威、聂鑫磊获竞赛金奖，选手赵本新获竞赛银奖。名师出高徒。有人替刘可夫数过，他带出的徒弟中，出了3名省级技术能手、15名厂级技术能手、26名高级技师、67名高级工。

刘可夫的学员，不仅有生产一线的"蓝领"，也有科研院所的"白领"。在国家应急演练中心的课堂上，他为中国石油操作岗位员工

刘可夫与工作室成员攻关新技术

和安全管理人员讲授电气安全知识，受训人员累计万余人。在中国石油创新方法讲堂上，他为来自全国各油田的技能员工做实训指导。在技能强国全国产业工人社区，他讲授电力行业知识。在大庆油田钻井研究院的实验室中，刘可夫指导技术人员掌握电路板芯片装配技巧。在解决井下测量压力因电路芯片造成的故障时，提供了有效解决的新思路新方案。刘可夫还积极组织公司和国家实训项目办公室的技术交流。学员们爱不释手的《高压试验标准化作业指导书》等9部专业书籍、专业期刊的16篇技术论文，均出自老师刘可夫之手。

2020年，刘可夫当选黑龙江省"好师傅"。2022年，刘可夫被评为中国石油金牌教练员。

恒心成就金色梦想

在大庆油田的电工中，流传着关于刘可夫的"神话"。直流屏和保护柜里发生故障，有成千上万的端子需要测量，但是始终有一个故障无法排除，设备厂家人员一筹莫展，刘可夫见状，用手"一划拉"就发觉出端子内部头发丝粗细的间隙异常。某次一变电所出现故障，去了3个人一周都没查出问题，刘可夫去了，很快判断出是电路板二极管烧坏了……

油田数字化建设步伐加快，第三采油厂创新创效基地应运而生。

2023年春天，在数字化运维中心一栋四层办公楼里，装饰一新的"刘可夫工作室"成为这家基地的"航母式"磁芯。工作室联合全厂7个劳模工作室、1个青年联盟一起搞技术革新、难题揭榜、联合攻关，一起开展培训、研修、交流。一天天过去，干着忙着，工作室成了全厂劳模、工匠和所有热爱搞创新的岗位员工的"大本营"和结集地。在这里，一群穿"红工衣"的技能工人同一群穿"白大褂"的技术干部联手结盟，创新成果和绝技绝活得到共享，高技能人才的代际传承得到实现，新课题研发正在慢慢结出硕果。保障数字化设备平稳运行，不断地解决问题、攻克难题，刘可夫团队工作计划排得满满的，每天充实而快乐。

2023年12月，东北大地雪花纷飞，凌晨三点天色漆黑，无遮无拦的旷野上寒风刺骨，一个身影出现在大庆油田第三采油厂第八作业区的一处偏远露天井场上，这个人就是刘可夫。这几天他一直在盯着一件事，刚投用不久的注水井光伏供电系统的储能电池在极寒天气中失电，导致控制器失灵，引起大面积数传设备停电。连续几天的凌晨，刘可夫从温暖的家中出门，开车几十公里，在设备最易"发病"的全天最冷时段到现场观测、分析，查找故障原因。他先是采取临时措施，使价值近万元的光伏供电装置又重新工作起来，恢复数传系统的运行。接着，又持续攻关，拿出"A11数传供电系统逆变器模块改造方案"，彻底解决了油田数字化建设初期光伏控制器损坏只能更换无法维修的难题。问题被彻底解决了，井上的采油工也觉得这个人挺"神"，却不知他曾多次在黎明前的寒气中来过现场，对着井口数字化设备凝神苦思。

在一个雷雨交加的夜晚，北三变电所突然"所用变跳闸"，备用线路同时出现故障，蓄电池组电能耗尽后将面临全所失电，上百口油井即将停运。刘可夫第一时间带人赶来，判断出装置模块故障，并检测出内部电容因瞬间高压损坏，他立即利用现场备用装置的电子器件进行可靠替代，有效控制了险情。还有一次，变电所绝缘监察改造中，继电器突发异常，导致施工被迫中断，刘可夫带徒弟琢磨着绘出设计图纸，用最简单有效的电阻变值方法解决了故障，变电所顺利投运。原来的油井掺水系统故障监控程度不高，容易造成堵井、冻井问题，他搞了一套监控报警器，投资不多，使用方便。为使岗位工人连续加药剂时方便操作，他搞了一套"智能变频加药装置"，自动化程度高、人机界面操作简单、有故障时自动停止，还能启动预警装置……他出现在一个个复杂紧急现场，高效解决着问题。

2021年，刘可夫工作室晋级"省级技能大师工作室"，人气越来越高，刘可夫自创的"望、闻、听、切"四门武功获得广泛学习和效仿，团队累计处理突发疑难故障167件，先后完成技术改进47项；其中推广应用"高压设备过温保护预警装置"，仅一项革新创效360万元，累计为企业创效千万余元。刘可夫获国家专利21项、革新成果187项、企业重大革新19项，其中12项成果被推广应用。工作室24名成员陆续晋级，形成后劲十足的人才梯队，传技、研发、推广为一体的创新创效阵地效果凸显。

刘可夫从19岁在社会上打工，到29岁获得第一块黑龙江省技能竞赛奖牌，再到31岁获得中国石油技能竞赛金牌、中央企业技术能手，34岁聘为中国石油技能专家，41岁荣获全国技术能手，不知不觉一路走到了今天，成为"大国工匠"。有人说："可夫你可以了。"他自己却从不停步，好像还是当年那个逐梦青春、扛着工具爬杆抢修的外线维修工，还是那个初上赛场的斗志昂扬、不甘落后的新选手。

新时代的石油工匠应该什么样？

刘可夫说："一定是心怀国之大者，把劳模和工匠人才的示范引领作用发挥出来；把'红工衣白大褂'协作机制建立起来；把群众性创新创效的事情推动起来；能够在新时期产业工人队伍建设改革升级中，培养一批批由磨砺而出彩的青年人。"

第二辑 美丽牧场

一望无际的松嫩平原
走过60多年风雨的大庆油田
风姿绰约
人们赞叹这片土地
为共和国做出卓越贡献
却少有人知
她曾有一个美丽的"底盘"
叫红色草原

草原根　石油心

一

在一望无际的松嫩平原上，走过 60 年风雨的大庆油田，风姿绰约。人们都知道，大庆为共和国的发展做出了卓越的贡献，却少有人知，大庆所在的这片土地曾有一个美丽的"底盘"，叫作红色草原。

我出生在红色草原牧场。那里草肥水美，牛羊成群，是中国少有的百万亩优质牧场之一。

早在清顺治五年（1648 年），这里就是哲里木盟杜尔伯特旗的游猎地。100 多年前，沙俄修建中东铁路时建了萨尔图站，后来，清政府放荒招垦，村屯人影渐多。

1947 年初冬，青年干部陈重带着 12 个人和 4 亿元东北币❶从延安赶来，建起东北地区第一个种畜场，并受命于中共北满分局书记陈云，发展毛皮动物养殖，解决军需物资供应。

种畜场最初的 50 匹优质军马，是当时的内蒙古自治区主席乌兰夫赠送的。远道而来的它们，铁蹄哒哒，鬃毛猎猎，在草原上尽情地奔驰。

旱地黑碱土上，疯长着浩荡无边的羊草，不时有野兔腾跳，蝈蝈鸣叫。一望无际的草场边散落着几棵安静的蒙古柳，高处岗地上，挺着耐旱的长芒羽茅和西伯利亚蒿群。平地上是羊草，碱泡子旁趴着一

---

❶ 中国解放战争时期东北银行发行的纸币，流通于东北解放区。

簇簇碱蓬，沼泽是苇子和三棱草的地盘，防风、黄芩、甘草，各种中药材和小野花一年一年迎送着春夏秋冬……

茫茫草原敞开胸怀，拥抱天地间的所有生灵。

1955年，种畜场壮大为"红色草原牧场"。那是新中国第一家国营牧场。黑白花奶牛的小牛犊、黑龙江挽马的小马驹和东北细毛羊的小羊羔，从这里一只一只出栏。

古老的萨尔图，月亮升起，照耀，又沉落。

1960年春天，石油大军挥师北上，集中向萨尔图、喇嘛甸地区进军。萨尔图，正是红色草原牧场的中心。

忽有一天，海浪般的野草惊讶地发现，这里涌来很多很多"杠杠服"。他们操作着钻机隆隆作响，日夜不停地往地下钻。牛、羊、马们在惊慌中退却，惊起水鸟、野兔、狐狸和狼。

穹庐之下，野草之下，千米地下，中国人找出了石油黑金！

大草原上，有了大油田。

1971年春节刚过，一个女婴在草原兽医室的里屋呱呱坠地。28岁的崔兽医初为人父，他和爱人还没有自己的房子。他兴奋地端详着自己的第一个孩子，竟一眼不眨地看到天亮。

新生儿的哭声，让小小的陋室热闹起来。她的到来，像草原上开出的一株小小的火柴花，让日子变得生动。日复一日，小女孩被一群十几岁的知青抱来抱去。他们争相亲她，逗她，哄她。她听着马嘶牛吼羊咩，闻着青草味和马粪味，露出人生第一次微笑，迈出人生第一串脚步。

那个孩子，就是我。我慢慢长大，奋力走出草原，而草原早已成了我生命的底色。草原的故事，常随着日月星辰回我梦中。梦里，是再也回不去的故乡，再也见不到的父亲……

二

我出生那年，大油田正铺天盖地投入开发，而我长到好几岁，还在草甸子上疯跑。我喜欢用两块小玻璃夹着一抹石油，对着太阳痴痴地看。太阳，变成一枚红彤彤的鸡蛋黄，我看到了很远很远模糊又绚烂的未来。

那时候，家家门前都有一个油坑。冬天，大人们用铁锹搓上一块原油扔到炉子里，炉膛里火就会更旺，火苗上面卷起一团黑烟，有点儿呛鼻迷眼。

夏天，那油遇暖变软，滴滴答答，沾上鞋底，蹭到衣服上，特别不好清洗；如果不小心踩到红砖地上，油渍会渗进去，留几处黑斑似的石油脚印。

人们会在油坑上面覆些干草，既为防晒，又为防止小孩儿乱跑掉进去。小鸡仔掉进去过，白绒绒的小可爱就变成了黑乎乎的丑八怪，只剩两只滴溜乱转的眼睛，大多时候命将不保。

有一年，堂弟从辽宁老家来。他从没有见过石油，蹲在地上，小心翼翼用手指肚点上一滴，盯着看了又看，又偷偷用舌头舔一下，想尝尝石油的味道。

其实，对于石油，我也所知寥寥，觉得这地底下冒出来的黑东西，有一种来历不明的神秘。直到我18岁考上石油学校，20岁毕业成为一名石油人，才恍然大悟。它原来来自那么远的远古，原来有那么多用途，原来草原之外还有那么大的世界，原来对于这个国家，还有那么重要的事业！

原野深处的钻机

三

一本30年前编印的发黄史册里,深藏着当年草原人热乎乎的石油心。

60年前,铁人王进喜的大部队刚落脚,红色草原牧场作为"坐地户"极尽地主之谊。他们昼夜不停组织接站,热情地让出办公室、搬出自家房、架起帐篷、腾出牛棚马厩,给石油兄弟住。有一次,牧场接到任务,要迅速"消化"4000人的住宿。千方百计安排住下3000多,还有500人无处栖身,牧场紧急在职工俱乐部连夜突击打吊铺。一位分场党支部书记让自家12口老小分头出去"找宿儿"。在腾房人家中,有军烈属大娘和刚生娃3天的产妇。

运油料粮食、搬货物、清货场、建砖厂，无数牧场人投入到援建石油会战的大部队中。

那年夏天，阴雨连绵，石油人的车轮陷进泥泞，举步维艰。红色草原总场派出大马力拖拉机，为油田打误车辆解围。几个分场的拖拉机随时候命，准备营救。

那年冬天，牧场卫生院9名医生和26名护士，不眠不休地抢救严重烧伤的石油兄弟，救活误食狼毒危在旦夕的石油兄弟。他们敞开大门，随叫随到，随到随诊，接待石油兄弟。

仅1960年4月，牧场就帮助会战指挥部安置了10万人次的会战大军，并为萨一井挖了第一个试油用的土油池。

1964年，石油会战如火如荼，钻头和牛头却顶起了"闷儿"。随着一座座油井、站、库拔地而起，牧民赖以生息发展的肥美草原被一点点占去。矛盾日渐升级，他们甚至愤怒地扒掉建在"万斤垧"良田上的小型炼油厂。

黑龙江省委以大局为重，决定"宁可牺牲牛，也要保住油"，遂迁出红色草原9个牧场中的4个牧场，合并了剩余的5个牧场，大片土地移交给油田。

当年浩浩荡荡的搬家车队，拉走了2790户，14180个男女老少和全部家当，去往遥远的九三农场，去往遥远的查哈阳农场，去往赵光农垦局，去往万宝、五大连池农场和巨浪农场。这场山高路远、长途跋涉的大迁移，持续了两年才全部结束。从此，红色草原元气大伤，草场面积和牛马羊数量锐减。

一组组海量的数据，扑进我眼，烫着我心，作为草原和石油共同的女儿，我的眼睛被一汪复杂的热泪灼烧。

四

一年又一年，一座座崭新的井站从古老的草原上冒出来，钻机轰鸣声压住了马的嘶鸣声，白井房覆盖了白羊群，天野苍茫。

5个牧场星罗棋布，散落在草原东南西北中。父亲工作调转，从一个牧场到另一个牧场，我们不停地搬家，在大风呼号的日子上路，在马车或是卡车上颠簸漫长的一天。光秃秃的沿途寸草不生，水泡子围着高高的芦苇，苇秆儿上沾着一圈黑油，水鸟拍着沾了油的翅膀，有气无力地趴在地上。

从20世纪70年代开始，大庆油田进入快速上产阶段，连续27年稳产5000万吨以上，连续12年稳产4000万吨以上。全中国的人都在捧着怦怦跳动的心脏，看着这辆"我为祖国献石油"的列车，在大草原上突飞猛进，呼啸生风！

疾驰的旋风也裹挟着各种"油味儿"扑面而来——

于是，白井房旁，有黑乎乎的土油池；花草香里，掺杂着油味儿；马蹄子、牛犄角、羊尾巴，偶尔也会蹭上油点子；井站油坑旁，是灰突突的草；拖拉机大胶轮上，卷着黑亮的油块子，压出一道道长长的油脚印；甚至连水里的鱼，都带着油味儿。家家都备有一桶轻质油，大人们皱着眉，处理自己和孩子们衣裤鞋帽上那些不请自来的黑石油。

那时候，油井作业的残油、井口跑冒滴漏的污油，都是落地后再回收，油田产生的污水都排进水泡子。所有人都习以为常，默认为草原里的油田，油田上的草原，就应该是这个样子吧！哪有在石油城里看不见石油的呢？

斗转星移，潮起浪涌。红色草原牧场在经历了生产建设兵团独立三团时期、牧工商联合公司时期、三环公司时期后，几经改制，于1999年彻底宣告解体，各牧场划归大庆市各区管理。

2013年，我父亲去世，母亲在春雷牧场颐养天年。那条回家的路，我已走过无数次，哪里拐弯，哪里有灯，哪里有坑，哪里有指示牌，每一处细节都烙在心里。这几年，却越走越觉得有点儿不一样了。

五

我回家必经的那片水泡子，有一天，不知从哪飞来一群美丽的水鸟。它们张开翅膀，时而俯冲，时而鸣叫。不用说，一定是水里有鱼可叼，草里有虫可吃了。

我忍不住停下车，仔细打量浩荡的水面。远处是红色抽油机、白色水井房，近处是绿色芦苇塘，头上的蓝天有几朵悠闲的白云。我一愣神的功夫，几辆采油工"小红人儿"的电瓶车嗖嗖经过。

我发现，不知道从哪天开始，路面上的大土包不见了。那是换管线覆土后的隆起，每次都要踩刹车减速。现在有新要求，管线施工后要深埋了。

车快进牧场的时候，我遇上一群马。马群有百八十匹。它们身材矫健，甩尾抬蹄，悠然自得地过马路，偶尔还互相蹭蹭亲亲，再打着响鼻招呼给让路的小汽车。

我还惊喜地发现，路两旁的景观带，路中间的隔离带，全部被绿树红花覆盖。五颜六色的格桑花，成线、成片、成海，每一米、每百米、每公里，持续冲入眼底，全程陪伴我回家。这景象多么似曾相识，那是很多很多年前，我梦中的草原！

采油三厂生产准备大队负责绿化的闫师傅，这位老行家说起这些年的工作如数家珍：每年厂区要做至少120公顷的绿地养护、4500平方米的花卉栽植，还有一系列新建项目的绿化工程。油田公司有整体部署，各家有具体行动。每人每年植树3棵是"铁"任务，咱们厂少说也有15万平方米的绿化面积，那全油田"整个浪儿"得多少？你算呗。

我没算出来，可是我看到了油田各厂区的北二路、西一路、北一快速路、中三路、南一路四通八达，通往厂区、矿区、小队、井站的条条干路、支路和井排小路两边，密织成一望无际的绿色的网；新建的体育馆前后，有见缝插针的绿；作业大队附近那一片，204工区，北二十联合站、北十五联合站的院里院外，所到之处，都有整整齐齐的绿。而这些只是冰山一角。

那是一排排杨柳树、银中杨、糖槭树、柳树；那是一簇簇山杏、山桃稠李、紫叶稠李、王祖海棠；那是一盆盆娇嫩欲滴的风信子、紫罗兰。一年又一年，一拨又一拨，细部治理，环保监督，美化绿化，万树皆绿，万花怒放，长出了这绚烂的春天、妖娆的夏天、火热的秋天、雪白的冬天。

这些年，我常开车陪母亲去以前住过的牧场走访老邻居。我家老房的路南是一大片蔬菜大棚，东面开发区是一排排现代化牛舍。原来的牧场中学旁是油田化工集团、助剂厂、射孔弹场。牧场人的红旗泡、黑鱼湖、星火温泉，水汪汪荡悠悠，映照着厂房、道路，各种崭新的石油建筑群拔地而起。

几十年前，我的叔叔伯伯们为大庆东风水库引嫩江水挖上第一锹土，建成第一座围坝，经过牧场人、石油人几代人养护加固，水波荡漾。当年，牧场人出动上千人次会战的跃进水库，已华丽转身变成大庆美丽的名片——黎明湖。春去秋来，广袤油区抽油机日夜起伏，茫茫草原依然草肥水美，新一代黑白花奶牛继续产出优质奶，成为伊利、蒙牛奶业集团的重要奶源地。油菜花海、采摘园，一个个新生态下的新地标，正在点亮这座石油城……

而今，我在这座石油城里，看不见一滴黑原油、一缕黑油烟。楼区、道路没有油，水泡子里没有油，井场上没有油。我爱人每天忙着油田管理工作马不停蹄。他骄傲地感叹："现在污水治理的新技术和管网改造工程越来越好，我们能把污水更充分利用，不再外排，油田注采更为平衡，水泡子越来越清亮，鸟就飞回来了。"

回娘家的路上，井打得离牧场越来越近，绿草中的抽油机越来越常见。那是二次加密井、三次加密井、三次采油试验井。牧场人的子孙很多和我一样，都成了石油人。我曾一度为消失了的红色草原牧场而伤感，却蓦然发现，她早已变成朝向太阳微笑的"雪孩子"，已经融入油田，相爱、共生。

此刻，沐浴着新时代的风，我伫立在抽油机井群下，身边浩荡着无边草浪，心里涌动着无限激情。我看见一幅碧水蓝天的画卷舒展开来，漫卷油田。

星火泡南岸故事

2022年夏天,我随省作家协会采风团去了哈尔滨城郊一家观光农场。我透过二楼接待中心明亮的玻璃墙向外远眺,看见转盘式挤奶设备上拥挤的老牛们,心里忽然涌上一种莫名的亲切感。我已好久没有见到它们了。牛还是牛样儿,牛身上依然"盛开"着我熟悉的黑白花,每一头都温温和和的,像是我久别的"亲戚"。

据说,这群牛的祖先来自遥远的荷兰,20世纪80年代初,改革开放的春风把它们"吹"来的。一家中外合作的牧场落成在这片水草丰美的松嫩平原,外国牛便漂洋过海来到中国。一年又一年,牧场发展壮大,牛奶制品远销,带动乡村就业,拉动本地经济,名气越来越大,如今已成为黑龙江省生态文化旅游网红打卡地了。

作家朋友们饶有兴致地听着工作人员介绍,只有我有些走神儿。那一刻,我的心思飘到了200公里之外的家乡大庆,飞回到那个在油田"诞生"之前就很是红火的国营大牧场,仿佛又看见了一群群遍布原野数以万计的大奶牛。

牧场的名字叫"红色草原",有着光荣而纯正的红色基因,牧场的建立可以追溯到1947年解放战争时期。一代代养牛人,有我的父辈,还有我父辈的前辈。他们把老牛们伺候得挺好,精心育种,严格防疫、放牧、喂养、洗刷、清圈、治病,大奶牛个个身体健壮,一对垂乳硕大饱满,每天你追我赶泌出白花花香喷喷的牛奶。它们中的优秀成员,一批批走出去,支援周边大大小小的牧场,又在那里繁育后代，以至于后来全国各地的草原上处处可见健美能干的"黑白花"，更多人喝到了香甜的牛奶。

董大爷和他的"舞台"

一

2022年国庆节前，84岁的董大爷大病初愈，终于从住了两个月零十天的大庆油田总医院"解放"回家，躺在松软宽大的席梦思床上，一觉睡到天亮。好像还做了个美梦。老伴问，梦见啥了？他吧嗒吧嗒嘴，没说话。

其实董大爷梦见了那个舞台。年轻的他美美地躺在舞台地板上，闻到了新鲜木板的味道，他的旁边是一个又一个兄弟，全部肩膀挨着肩膀，睡姿像士兵列队。

没错！那是个顶好的舞台。舞台最大的功能不是别的，是睡觉。这是他第一次与舞台亲密接触得出的一条结论。这些年，老伙计们一个个离开人世，不知去向，如果有哪个还活着，或许还可以结伴去找找那舞台。所以，当我这个后辈突然冒出来拜访他，老人家眉开眼笑，抓住我的手，从"舞台"讲起……

1956年的萨尔图，五一劳动节的天儿可没有现在这么暖和，凌晨两点钟一列闷罐火车带过来的风冻得人直打寒战。那火车气喘吁吁地进站，又急匆匆地扬长而去，让人感觉脚刚落到地面，车就开走了。

我们这批乘客都是清一色的小伙子，十七八岁，脸上满满的胶原蛋白，嘴唇上才冒出淡淡的绒毛，说话都是老家浓浓的山东腔。我们使劲儿睁大眼睛，向四处张望，天黢黑黢黑，四处空荡荡的，什么也看不见，走起来深一脚浅一脚，像掉进了漆黑的泥潭。

平生第一次坐火车就坐了七天七夜。来的时候，乡亲们敲锣打鼓送我们。牧场招工，支援边疆开发北大荒，光荣是很光荣的，可是，东北那么远，真不知啥时候才能再见。

听说北边儿冷得很，尿尿一会儿就能冻成冰棍，可是又听说，那里草原很大，土地很多，牛羊成群，香喷喷的牛奶随便喝。可谁也没看见，谁也说不清，爹娘爷奶心里滋味不好受，眼泪涟涟地送了又送，嘱咐了又嘱咐，真是一路伤感。

报名都是自愿的，一要够年龄，二要表现好，不是共产党员，也得是共青团员。俺村的同族兄弟四个都来了，马上要成为国营单位职工，心里还是很期待的。可万没想到，第一晚竟然是住在马厩里。即便简单拾掇过也改变不了那是个马厩。土墙、草盖、四处漏风，地面上的马粪刚被清走，还留着新鲜的痕迹。几块板子搭个铺，就是睡觉的地方。因为外面冷，感觉被子盖在身上好像一层纸，从心里往外冷，冷得没地方躲、没地方钻。

那可是五月天啊，五月天，老家沂蒙山的花都开了，树都绿了，这是什么鬼地方？

我们七十二个人，躺着，谁也没睡着，谁都不说话，各自想着心事。想娘想爹，想弟想妹，想天天黏在身旁的黑狗子，想刚钻进心里的那个邻村女孩，想娘擀的热面条、摊的香煎饼，想得鼻发酸，想得心尖儿疼。

忽然，一声接一声凄厉的叫唤从外面传进来，竖起耳朵仔细听，又像小孩儿哭。有人带着哭腔颤声说："好像是野狼。"又过了一会儿，有人忽地爬起来大声说："天亮啦！"

大伙儿觉也不睡了，全都迷迷糊糊爬起来，好几个脑袋挤在一起，从马厩的小窗口往外看。哎哟，哪里是天亮？是有人点了一堆篝火，因为远显得小小的，只有一颗小红豆那么大。火苗在黑夜里跳跃着，跳进人眼睛里，亮晶晶的。后来，听牧羊人说，狼是最怕火的，有火照亮，它就不敢近前。

有人开始带头哭，哭声迅速蔓延，有的是无声的，有的是嘤嘤抽泣。大小伙子也不忍了，咧开大嘴，扯开嗓子，号啕大哭。哭声从一个人"独唱"到几个人"小合唱"，再到后来连成了"大合唱"，从深夜的马厩里传出，堪比狼嚎。

二

那晚，有一个人没哭，就是我。我也冷，也委屈，可是我心里的想法是，一个大男人哭咧咧，那样子太难为情了。不过，活了十七八年，还是第一次睡在这种地方，第一次见识那么长的大通铺，第一次和那么多人躺在一铺大炕上，那滋味，用你们年轻人的话，那真叫一个"酸爽"。哪知后面还有更酸爽的，人生本来就是一场酸爽到底的旅行。

1956年5月8日，我们山东青年志愿垦荒团的七十二名成员，伴着草原上一轮悄然升起的初春太阳，终于熬过了来萨尔图的第一夜。

早上，很多人的眼睛还肿着，忽然听到外面有人喊了一嗓子："先开饭，后开会！"

开会的地点是俱乐部，俱乐部是个新名词，老家村儿里是没有这东西的。食堂旁边就是俱乐部的大房子。厚厚的红砖墙，高高的大木门，房顶两根短粗的烟囱，门上一颗大大的红五星，样子很阔气。

走进去里面很宽敞。穿过一排又一排的长条凳子，正前方是舞台，舞台中央悬挂着中苏两国国家领导人的大画像，画像两边是展开的红旗，主席台的桌子上铺着干净的布。

台下，观众席前面的空地上，两边各卧着一只大铁皮桶，桶上竖起细长的"脖子"，直插房顶的烟囱，后来才知那是东北取暖用的炉子。

开会了，总场领导来了，还有几个干部模样的人。

台上坐着的人穿的都是粗布衣服，长得也不稀奇，但是腰身挺直溜，只是有一个人走路一高一低的，是个拐子，要不是坐在主席台上，看不出来是个大干部。很久以后才知那人竟是个负伤的战斗英雄。

第一位讲话的人操着东北口音点了一遍名，然后开始介绍牧场的情况。

这里一共有两个牛场，萨尔图那边是一牛场，咱们这个是二牛场，再往北走10里还要建个三牛场。不管几牛场，现在都是一家，叫红色草原牧场。这排房子后面，第一栋牛舍是1947年盖起来的。

三

自从有了中东铁路，先是苏联人在这养牛，后来日本人来了搞"开拓团"也养牛，再以后中国人自己办场养牛，大大小小十多家。一来二去，大的吃小的，合并成了两个大场。一个在萨尔图火车站那边，是省里办的，叫省场；另一个就是这个，东北农林政府农林部办的，叫国场。

那个领导也讲了，就在前一年的国庆节，俱乐部刚落成就开了一个特别隆重的大会。会上宣布，国场和省场两家合成一家。事关重大，上面特意派一位重要人物提前到，就为张罗这件事。上面，是指东北国营农场管理局，重要人物是时任副局长陈重。

大伙儿见他亲得不得了。因为他是这里的第一任场长，是名副其实的老领导。1947年夏天，为巩固北满的东北根据地，党从延安派了两万干部，深入大后方做具体工作，为以后全国解放做准备。29岁的陈重便是其中之一。

他的故事后来在牧场一直流传。他去萨尔图赴任前，主持中共中央北满分局工作的陈云接见了他，对他有过一番嘱托："现在，我们在北满，北满有粮食，但没有衣服穿，前方作战损失的是冻伤，要想办法尽快解决。你的任务就是两条：第一，迅速发展速生毛皮动物，解决部队的手套、帽子和袜子；第二，发展亚麻，代替棉布，解决部队的被服。发动群众是一方面，办农场，自己大量生产，也是很重要的。"

为尽快把场子建起来，陈重带着12个人，揣着4亿元东北币来到荒凉的萨尔图，顶着炎炎酷日，冒着倾盆大雨，跑了周边市县很多地方去招兵买马。招的是牧工，买的是牛、马、羊，一砖一瓦地盖牲口棚。

那时候讲"斗争"，可不是空话，要跟春天的"白毛风"斗，要跟冬天的"冒烟雪"斗，要跟各种意想不到的困难斗。就像上前线打仗一样，必须斗到底。

工作打开局面，陈重就受命干更大的事业去了。一别八年，他的工作发生了变化，但时刻牵挂着场子的发展，这次再回来，要亲手安排布置合场的大事情。他非常高兴，大伙儿请他给新牧场起个名字，他想了又想，说："就叫红色草原吧。红色，是党旗的颜色，寓意党的领导，更蕴藏一份壮志和激情！"大伙儿都说这名字好，激动得巴掌都拍红了。

新领导班子上任了。场长莫余生，副场长李国才、张源培，场机关组织机构建成了。场党委办公室的党办秘书、组织委员、宣传委员上任了，机关总支、工会、团委开始工作了，场长办公室的秘书科、畜牧科、农业科、基建科、人事科、供销科、计财科、保卫科全部各就各位开工了。

听着牧场的故事，想着以后的发展。我这个新人，心里生出一股子豪情。

会议继续，另一位领导开讲，一听口音竟是山东老乡。他说："俺们的牧场大得很，也光荣得很。俺们养的老牛、大马、羊都是国家的，俺们干的是革命工作。你们在老家都是先进分子，这回加入革命的队伍，我们一起干革命！"

他又说："现在条件是差点儿，大家受委屈了。但是咱们要排除万难去争取胜利，让牛犊子、马驹子、羊羔子生得多多的，让牛、羊、马都成群，六畜都兴旺，等将来条件好了，人人都穿着工作服上班，坐着通勤车回家，楼上楼下，电灯电话，俺们的子孙后代，每天都能喝上牛奶、吃上白面大馍馍……"

会议进行第三项，宣布人员分配方案，各生产队队长纷纷把自己的人认领回去。俺们背着小行李卷，往新队长跟前一站，都找到了自己的组织。

后来听说，有人去学会计，有人去当通讯员，有人去学开拖拉机，有人去基建队盖房子，有人去农业队开荒。我呢，留在了二牛场养大牛。都是革命工作，没有高低贵贱之分。令人高兴的是，当晚，我的住宿条件得到明显改善，我和几个留下来的小伙伴，睡在了俱乐部舞台的地板上。那一晚，无风无雨，没有狼叫，我们心满意足，一觉睡到大天亮。

对了，那天会议最后，还收到一个通知，场里晚上给大家接风洗尘。这消息搞得人心里暖暖的，昨天哭鼻子的几位老兄，也纷纷露出笑脸。接风洗尘，一个"接"字，便是回家了。一想到那天夜里，场子动用了好几台大马车来接我们，就激动。满载着革命"种子"的马车队浩浩荡荡，从萨尔图火车站出发，一路向北，一路颠簸在黑灯瞎火中，整整走了20里地才到这个新"家"。

都安顿下来后，我给家里写了封信报平安。为寄信，我和两个同乡搭送奶车去过一次萨尔图。这一趟是白天走的。大荒甸子一眼看不到边，路过一个大水泡子，再走一段，又是一个芦苇塘子。草原上零零星星有几个自然村。

萨尔图只有一条主街，邮局房子的位置在街中间，去那里要穿过几个小买卖，药店、铁匠铺、修鞋摊，街头上有个大车店。因为火车到站是在后半夜，每天只过一趟车，只停两三分钟。下车的人就在店里住一宿，第二天天亮了再走。邮局后面还有二道街、三道街，隐约有些房子，烟囱冒烟，鸡鸣狗叫。

我把信寄出去，落款清清楚楚写着通信地址：嫩江省安达县第三区三义村，国营红色草原牧场二牛场，董广安。

这地址听着陌生吧？那时候，黑龙江省有五个省，黑龙江省、嫩江省、合江省、绥宁省、松江省，咱们这一片属于嫩江省，也没有大庆市这一说，萨尔图归安达管。安达站很热闹，做买卖的，运粮食的，萨尔图没有的东西，安达都有。萨尔图是安达的第三区。我们二牛场那里叫三义村。

1958年的国庆节来了，俱乐部又开了一次大会，这次规模比上次还要大，来的人还要多，场部门口换上了"红色草原人民公社"的牌子。牧场的七个牧区，又加上地方很多农村的都归了过来，有两个镇子，萨尔图镇和喇嘛甸镇，一个三发乡，下设十三个高级农业社。

萨尔图镇下面的一社、二社、三社，喇嘛甸镇下面的向荣社、新华社、绿色草原社，三发乡下面的五一社、幸福社、三永社、保田社、三新社、三胜社和胜利社。

红色草原公社的"地盘"有多大？就是现在的大庆市萨尔图区、让胡路区、龙凤区加一块那么大。北面，和林甸县接壤；西边，和杜尔伯特蒙古族自治县是邻居；南边，和安达交界。这么重新一编，红色草原一下子就变成有二十个分场的大牧场了。二十个分场都有了新名字，二牛场改名"星火牛场"，就是从那句最著名的主席诗词"星星之火，可以燎原"来的。俱乐部外墙上刷上崭新的大方块字，"一天等于20年，共产主义在眼前""与火箭争速度，和日月比高低"。

牛场多得很，和星火牛场差不多的就有十个，东风牛场、龙凤牛场、青龙牛场、滨州牛场、工农团结牛场、春雷牛场、上游牛场、奋勇牛场、喇嘛甸牛场、萨尔图牛场。除了牛场，还有几个羊场、一个马场、一个农场、一个林场，热闹兴旺。

四

我的第一个师傅叫成顺发，我唤他发哥，发哥比我大3岁，单眼皮，瘦高瘦高的，是三义村的坐地户。

那天，我第一次跟发哥走近牛舍，一下子就被镇住了。这是一片特别开阔的场地，十几栋整整齐齐的牛舍排列成一个方阵，四圈是高高垒起的围墙，像一座世外城堡，极为气派，比关里家的矮房子不知要好多少倍，是我见过的最早的"雄伟"建筑。

早上放牧的场景很是壮观。牛舍大门刚一打开，牛群就撒着欢地冲出来。牛群里都有牧工，他们手里的鞭子控制着牛群的走向。发哥手里也握着一根鞭子，头上戴着防蚊帽，帽檐下罩着一圈纱布，把脸和脖子保护得严严实实的。出发前，他像变戏法似的，也给我搞了一套同样的装备。

白天要把牛夜里吃的草都备好。挑草是个技术活儿。用叉子把干草一片片摞起来，摞得高才挑得快，否则十头牛的夜草一下午也挑不完，牛栏挑不满，牧工的中午饭都吃不上，草挑不够，夜里牛就吃不饱。

一天要喂3次精饲料，一头牛满满一"喂得罗"，拎不动也要咬牙坚持。每天要给牛喂青储，一头牛一大筐。还有甜菜，也是一大筐。甜菜要砍成小块，冬天甜菜冻成冰疙瘩，干这活儿很费劲儿，手没劲儿，砍得胳膊疼。

我开始跟着发哥学挤奶。这是一份辛苦活儿。夏秋去草原上挤奶，冬春在牛棚里挤奶，一天三次。每天早晨4点就开始了第一遍挤奶。时间一到，一个个挤奶工拎着"喂得罗"走进牛舍，大奶牛不紧不慢地吃着草料，等着挤奶。

每头奶牛身边有只小板凳，发哥坐在凳子上，把"喂得罗"放在牛肚子底下，就开始工作啦。"喂得罗"是一种水桶，上边口大，下边腰细，这样的设计装牛奶不容易洒，人拎起来也方便，据说是俄罗斯人的创造，"喂得罗"这名字也是俄语音译过来的。

别看发哥人长得瘦弱，但是心灵手巧。只见他的两只手有节奏地上下滑动，一股股洁白的牛奶就滋滋地冒出来。一下一下，牛奶液面慢慢浮上来。桶快满了，他便起身把牛奶倒进旁边的奶罐里。奶罐满了,他仔细地把盖子拧紧。一米高的满罐奶是很沉的,我俩把它搬到指定位置,等着装车运走。发哥挤奶的动作很优雅,搬奶罐的动作很麻利,从不拖泥带水。我由衷佩服他,就连看他鼻尖挂着的汗珠,都觉得是闪闪发光的。

我也照葫芦画瓢坐下来试试,才发现挤奶看着容易,其实没那么简单。手上力气用大了用小了都不行,第一次尝试,到底也没有挤出奶来。

发哥生在三义村,长在三义村,从小跟着爷爷和父亲学会了养牛,16岁那年他高小毕业,正好赶上安达县种畜场要人,他就招工入场了。后来县场被省场"吃了",省场又和国场合并了,他就成了红色草原牧场的资深职工。

过几天,他就要去基建队报到盖房子去。牧场发展太快,牛棚、马厩、羊舍、猪圈、鸡窝、人住的房子,都不够了。

师徒就要分别了。牛在草地上吃草,我俩就坐在高岗上唠嗑。

发哥的祖籍也在关里,很多年前,他爷爷的爷爷携妻带子逃荒来到东北。第一代先是在吉林一带落脚,第二代又继续北上,挑着挑子,来到了这一片儿。

我问:"为啥大老远到这儿来?"

发哥说,老家的村子旁边有条大河,大河年年发大水。有一年,暴雨连下半个月还没停,河坝又破了个大口子,水冲进村子,淹了庄稼,泡塌了土房的墙。村里的男人都去修河坝,好几天没回,家里怀孕的女人挺着大肚子,抱着两岁的儿子、领着五岁的女儿,爬上邻家的高岗避雨。男人回来,冒着危险,钻进水里抢救出一些日用品。为了活命,只好带着老婆孩子出去讨饭。讨饭路上,受尽欺凌,遇上好人家，给口吃的，遇上恶人，不但不给，还放狗咬人，5岁的女儿被狗咬了一口，大腿上生生扯掉一块肉，发烧烧了几天，就死了。

男人就是他的太爷爷。女人就是他的太奶奶。

一家人历经九死一生到了三义村。刚开始也不安生，总闹"胡子"，这些土匪，杀人放火抢东西，吓得小民小户都往很远的东姜家去躲灾避祸。

萨尔图一带，最早有个姜家，后来老姜去世，两个儿子分了家，一个叫东姜家，一个叫西姜家。东姜家几代人辛苦劳作，积攒了很厚的家底儿，有车有马，有长工、短工，有好几个粮囤子，为了保护财产，他家煞费苦心修了高墙大院，在四角还架起枪炮。土匪把他家围了几天，垂涎欲滴，实在进不来，也就退了。

发哥就在兵荒马乱中出生。他12岁时，萨尔图一带解放了，就在三义村念了小学。书念到四年级就到头了，周围农村都这样，要想再往上念，就得到萨尔图去读高小。萨尔图学校的位置在哪儿呢？过了天桥，有个老人民医院，过了道再往东去，有一个小学校，就是后来的萨区一小。

从家到学校有多远？18里。吃住在学校，一个星期回家一次。怎么回？走。星期六走回家，星期一早早起来，四五个同学又结伴往回走去上学。

咋走？十五六岁、十六七岁的年纪，甩开大步就走呗！常有盛开的野花和疯长的野草相伴，也有风雪弥漫雷雨交加，还有野兔、野鸡和田鼠钻出来又大摇大摆地溜走。有志同道合的伙伴同行，并不觉得路远，就这么走着，过了陈家大院泡，再走一段西下洼子路，再走一个泡子，就要到了。

新中国成立后的萨尔图一片新气象,连地名都变时髦了,有很多带"三"字的地名,除了三义村,还有三和村、三新村、三发村、三胜村、三永村。三三见九,九九归一,寓意大吉大利。

三义村本来有十几户人家,当年不知什么原因流落至此,种地,打鱼,挖药,扫碱,打羊草,打短工,过生活。也不知这些人家都在这生活多少年了。后来场子发展,把村里的地全买下来了,当地人有的像发哥一样留下当了牧工,有的收了牧场发的安家费,举家迁走去别处发展了。此后,三义村的名字,就随着星火牛场的壮大,渐渐消失在历史长河中。

五

我管他叫王大爷,他大名叫王德成,已经作古多年,但他救过的牛犊子的后代的后代的后代们,应该还在不停地产奶吧。

那是一个寒冷的冬夜,一阵特别大的"冒烟雪"掀翻了犊牛室的房盖子,刚生下不久的一群牛犊子挤在墙角瑟瑟发抖。50多岁的打更老头儿王大爷,怕牛犊子冻死,着急得不行。他什么也不顾了,一哈腰,转身就把百十斤重的牛犊子背了起来,一头接一头地转移进自己睡觉的暖和屋子。

从牛犊室到小屋不过百十米,但搬运牛犊子的战斗十分紧急,几乎耗掉了他全部的力气。他的脚步越来越踉跄,在背最后一头时,突然脚下一滑,连人带牛摔出老远,他趴在雪地上,气喘吁吁地看着小牛,小牛可怜巴巴地看着好心的主人。

老头咬紧牙关,拼了老命,挣扎着爬起来,再次蹲下,扭过身去,把小牛的两只前蹄搭在自己的肩膀上,他摇摇晃晃,起了一次又一次,终于起来了。一晚上,他背了30多头牛犊子。牛犊子有的站在地上，有的卧在炕上，把小屋挤得满满的。牛全部转移完毕，人累得上气不接下气，昏睡了一天一宿。

我见过这位老人家。他比我大很多岁，早早去世了。他的故事在红色草原上流传很广，1960年被一位来牧场采访的记者给写了出来，发表在《人民日报》上。从此，全中国都知道了，在咱们这黑土地上，有一个六畜兴旺、贡献巨大的红色草原牧场，还有一位可敬的、爱牛如子、以身背牛的全国劳动模范老王头——王德成。

那时候，养牛人最为骄傲的就是哪头奶牛出奶又多又好。牧场有一头301号大奶牛，一天产奶100斤，在全省赛畜大会上得过冠军……

我和牛有点儿自来亲，很快学会了挤奶、起圈、洗刷、喂料。我当上了一班班长。畜生最不装假，你对它好，它就多多产奶。我带着两个牧工从早忙到晚，挤奶、送奶忙得脚不沾地，整天却乐呵呵的。大奶罐子半人高，两个人一次抬两罐，一天要送好几次。夏天在野外放牧，要去野外挤奶。我每天早上三四点钟准时起床，套上马车就出发。

我们养牛一队共有三个班，每个班几十头大奶牛，各个都有编号，牛耳朵钉个小卡片，编号印在卡片上。公家牛都有这样的"耳钉"。这些牛我个个都认识，张嘴就能说出编号。

人能干当劳模，牛能干，也能当明星。301号奶牛就是牛群里的大明星。它长个小花脸儿，身上白点多，肚皮一半黑一半白，个头不高，可是乳房巨大。一天要挤奶四五次，一次装满一"喂得罗"，忙得饲养员老头团团转。有一天，老头累病了。301号不能没人管，就给送到了我手里。接了这光荣任务，我丝毫不敢马虎，多加仔细，给它吃好料，301号也回报出更多的牛奶。

秋天的时候，301号病了，没了精神，产奶量一天天地下降，牛场的兽医来了几次也没什么好办法，无奈请来了总场的兽医技师。这位兽医是走着来的，肩上背着红十字药箱，在牛棚一蹲就是几天，到底把牛给治好了。

兽医看牛时，我不离左右，趁机多问，把兽医的话暗暗记在心里，天长日久便摸出了些门道，学会了"察牛言观牛色"，给牛打针治病，也成了"半吊子"兽医。有一头小牛刚生下来，长得特别娇弱，别人看了都直摇头，觉得它八成是活不了。我和人打赌，我保证能让它活。人做事就怕认真，我横下一条心，黑天白天长在牛棚里，精心喂养，就是要让牛犊子活。小牛真够意思，一天天硬实起来，十天后，这小家伙活蹦乱跳地从产房转到了犊牛队。

牛子牛孙越生越多，牛棚起了一栋又一栋，从几十头到一百头，从几百头到几千头，偌大草原，东南西北，几十支牛队，上百个牛群同时放牧，早上出门很壮观，晚上收牧更壮观。让人喜上眉梢。

那天，兽医来检查防疫，他特别高兴，说："你知道吗？前几天，咱们从北京挖到了两个好宝贝，以后牧场改良牛后代，就靠它们了！"我立马来了精神，认真听他介绍。

"这可不是一般的牛犊子，是北京双桥农场从苏联刚进来的，血统纯正得很。"兽医接着说道："副场长李国才带人去北京开会，一眼就相中了，就派那人无论如何先把牛犊子运回来。那人坐着火车，带着两只牛犊子，一路上像家长看孩子那样不离左右，吃喝拉撒一条龙服务。"回来那天，消息传开，大伙儿都去接站，都想看看这宝贝牛犊子。

这对远道而来的"客人"果然不负众望，靠着纯正基因，努力生产，繁育后代，成为今天东北地区所有黑白花奶牛的老祖宗。

父亲和他的师傅们

一

在双城观光牛场接待中心接待我们采风团的工作人员是一位年轻人，当他兴致勃勃地向我们讲起，现在奶牛的最高日产奶量的时候，我便与他聊起了，七十年前红色草原牧场的那头"劳模"牛。年轻人听了连连点头："以那时候的条件，能出这么多奶，不简单！真不简单！"

小伙子在农大上学时学畜牧专业，当他听说我父亲生前是一名兽医时，马上多了一丝亲切，他感慨地说："当兽医可不简单，能知道那老牛哪里难受，你想啊，它又不会说话。"

父亲在世时并不怎么讲老牛，或许是因为他与那些伙计太熟了吧。作为牧场的兽医师，老牛的故事，几乎伴随他全部的职业生涯和整个生命。他深夜晚归，为难产的母牛接生，保住了老牛母子平安。他天天泡在牛棚，为奶牛治好了各种疑难杂症。他用厚厚的外文词典一点点查阅日文资料，钻研业务。他全程跟踪记录每头病牛的日常体征和治疗细节。他用圆珠笔在一个个笔记本上画密密麻麻的表格，每天填上最新的数据。他整理成一篇篇专业技术论文，发表在《中国畜牧兽医》杂志上。老牛一见他，就用温厚的大舌头讨好地舔他的手，好像知道，这个人不赖。

父亲去世前很多年，身体就已行动不方便，他曾嘱我替他去看望他的一位风烛残年的师傅。1968年12月，他从黑龙江八一农大畜牧兽医专业毕业来到红色草原牧场，从业几十年间，同学、同事、同行和徒弟遍布全牧场，但他真心称之为师傅的人不多。

黄技师、季技师、韩技师是父亲常挂在嘴边的名字，他常念起师傅们的教诲，逢年过节都去拜见师傅，即便后来身体不好，很多事情力不从心，还是想方设法与师傅通话联系。我和弟弟妹妹从小耳濡目染，深知师傅们在父亲心中分量，只是那时年纪太小，并不知师傅们是怎么个厉害，甚至长大以后，也总是搞不清哪个是哪个。

那年夏天，当我多方打听，终于在大庆市一家养老院的特护病房里找到父亲的一位师傅。作为女儿，我只知能替父亲办了一件大事而高兴，却不知，眼前这位身遭多次中风摧残，已完全不能自理的老人和他的同代人曾经历过怎样的故事，干出过怎样的事业，创造过怎样的辉煌。直至很多年过去，父亲和师傅们一个个离开人世，而我也已人过中年，看过一些资料，寻访一些前辈，走过一些老地方，才蓦然发现，这些师傅们的了不起。

2022年夏天，我们在观光牧场看到的是过着军事化、标准化、现代化生活的老牛。一排排整齐的牛舍，更像是部队的营房、工厂的厂房，成年母牛和成年母牛住在一起，小牛犊和小牛犊住在一起，牝牛和牝牛住在一起。集体生活，规范管理，牛都很乖，像幼儿园不同班级的小朋友。

牛舍的墙体是干干净净的淡绿色，周围环绕着大片平展展的绿草坪，阳光很明媚，白云在飘荡，天蓝如海，置身其间，就像走进一幅动人的风景画。大奶牛们，按部就班地配合机械化挤奶，完成任务了，就甩着尾巴，沿着通道各回各家，该吃吃，该喝喝，安逸得很。牛病了，兽医专家远在千里之遥也可以通过5G远程会诊，不用亲自到场了。暑假来了，家长带着孩子们来看牛，喝着牛奶长大的小娃娃们，平生第一次近距离见到真牛，亲眼看见牛奶是怎么挤出来的，兴奋不已。我想，这应该是我父亲和他的师傅们为之接续奋斗了一辈子并一步步接近的那个梦想和未来吧。

二

草原上，很早很早以前就有老牛了。

20世纪初，一条由沙皇俄国修建的"丁字形"铁路在中国东北建成正式通运。这条铁路，从俄国境内出，横穿中国的满洲里、哈尔滨、绥芬河后，又进入俄国符拉迪沃斯托克，成为西伯利亚铁路在中国境内的重要一段，被称为"中国东方铁路"，简称"中东铁路"，后来又叫"东清铁路"和"东省铁路"。铁路招来30多个国家在这里开设领事馆和银行，沿途各大小站点的商贸随之迅速发展起来。

其中，横穿萨尔图草原的滨州段铁路，把很多原本不为人知的地方连起来，哈尔滨、肇东、姜家、宋站、羊草、安达、卧里屯、龙凤、萨尔图、让胡路、喇嘛甸、齐家、泰康、烟筒屯、昂昂溪，一直连到满洲里。

铁路从1897年开工到1903年投用，整整用了六七年时间。建完了，一部分筑路的俄罗斯人留下来继续看管铁路，并在这里定居。

萨尔图最初是一个五等小站，有三名俄罗斯工作人员。因为长的高鼻、蓝眼、卷头发，被当地老百姓称为"老毛子"。"老毛子"生来喜欢喝牛奶，会做奶酪，熬奶油、做奶粉，祖祖辈辈会养牛。

后来，俄罗斯国内发生十月革命，又有一批俄罗斯人流亡至此。有钱有势的，在大城市哈尔滨落脚，条件差点的，就在铁路沿线的小地方寻找安家地。于是，有人到了安达，有人到了泰康，有人到了齐齐哈尔，也有人到萨尔图投亲靠友，下车就不走了。

所有人都被这片美丽富饶的草原吸住脚步。苍茫的北大荒，千百年来狼奔豕突，少有人迹，却是天高地阔，草肥水美，到处都是优质羊草，是老牛的最爱。于是，一头头俄罗斯奶牛坐着火车远道而来，牛蹄子落在滨州线地区，吃上了平生第一口萨尔图草原的青草。

他们的经济条件不同，养牛的数量也各不相同，有的养了六七头，有的养了几十头，有的慢慢发展成几百头的大牛群，养牛户把鲜美的牛奶做成精致的奶制品，装进背包，坐上火车，赶到哈尔滨去卖给他们有钱的老乡。

养牛的要放牛、喂牛、割草、清圈，体力活和技术活都不少，活儿干不过来，就雇佣当地人帮忙。一来二去，中国人也学个一招半式，掌握了养牛和制作奶制品的手艺。

再后来日本人来了，也相中了这片草原。1938年夏天，在萨尔图车站东边不远处，出现了一个日本义勇队甲种训练所。第二年春天开始，来了一大批日本移民，一共是258人。到了1941年，又来了一批，共有72户73人，这个组织叫开拓团，开拓团在萨尔图种地，也养牛。

渐渐地，养牛户越来越多，俄罗斯人、日本人、朝鲜人，从当初的五家，到后来有将近四十家。萨尔图一带养牛的人越来越多，"滨州牛"远近闻名。

养牛是大买卖，中国人是干不起的，他们只能打羊草，卖羊草，扫碱、挖药、打鱼，打零工，干粗活。

1947年，东北地区解放战争打到节骨眼上，为巩固北满解放区根据地，最先解放的哈尔滨地区来了一大批延安干部，他们的任务之一，就是利用铁路沿线丰富的草原资源和油汪汪的黑土地，开辟一批小农场、小牧场，生产粮食，发展畜牧业，养牛、养马、养羊，以充足的物资为前方打仗保供。

29岁的陈重就是这时候来到萨尔图的。党组织给陈重任命书上的职务是东北行政委员会农林部萨尔图种畜场场长。一行人，在茫茫草原上，建牛棚、盖宿舍，招工人，买牛马，种下第一批防风林，开始艰难创业。他们与狼群斗，与风雪斗，终于熬过萨尔图第一个冬天。

到了解放初期，很多单位和部门都在萨尔图一带养起了牛，有国营的，有省办的，有县办的，有回民支队办的，有第三野战军办的，有北京办的，有哈尔滨办的。办场单位覆盖党、政、军、财、贸各部门，最早成立的萨尔图种畜场便是其中之一。

经过整合归并，只剩下两家，一个国场，一个省场。到了1955年国庆节前，两场合一，"国营红色草原牧场"正式揭牌开张。

三

再回头说说老牛。

大庆地区最早的一批老牛，是从萨尔图种畜场走出来的。那时候的老牛，可没有今天的黑白花大奶牛这么漂亮标致。那时候的牛个头有大有小，出身血统不清，毛色也杂，产奶也少，又总生病。第一批的37头，是从安达、肇东、泰康、佳木斯买来的。第二批的73头，是从齐齐哈尔一带买来的。这批老牛便是后来北大荒地区所有老牛的祖宗。

如今，大奶牛们昂首阔步迈进新时代，与各种知名乳业结缘，萨尔图地区成为众多牛奶企业的重要奶源基地。奶粉、奶油冰棍、奶油、乳酪，好吃的奶制品层出不穷。如今的奶牛个个高大健壮，基因优良，这最离不开一个人，他的名字叫黄国卿。

1952年8月，黄国卿从东北农大毕业，第二年来牧场工作时，我父亲和他的同学们还是小毛孩儿。我父亲来到牧场时，黄技师已是整个畜牧业的大师级师傅。那时候，他一心搞的黑白花大奶牛培育还在艰难进行中。

本来,黄国卿是可以不来的,毕业时品学兼优的他被留在省农业农村厅畜牧科工作,厅长带队到萨尔图种畜场搞蹲点,他也是队员之一。他被分到了养牛队,任务是把牛奶产量搞上去。

二十多岁的他住进牛舍,认认真真养牛,给牛调饲料,给牛喂水,白天晚上都很精心。半个月过去,他喂的牛产奶量增加了不少,其中一头30号大奶牛,一天产奶量从50多斤,猛增到80多斤,创下了当时萨尔图地区的纪录。

工作组回省里了,黄国卿一个人留下来,在萨尔图扎了根。

牛队养牛,春夏秋冬都要放牧,人赶着牛,走出很远去找草地,晚上再赶着牛回来。牛吃饱了,又跑瘦了。产奶量总是上不来。

他根据所学知识,建议领导野营放牧。领导同意了,于是,人们在1953年春天的草原上,安营扎寨,支起锅灶,建起牛栏,搭起帐篷。没想到,野营第一天就遇到狂风暴雨,帐篷被掀翻,顶盖被刮走,空铁皮桶叮叮当当满草地滚。老牛也顺着风跑散了,天亮时,在很远的一个洼地里才找到它们。

他顶住压力,坚持了下来,果然提高了牛奶产量。省里组织国营农场场长培训班来牧场参观,他就介绍情况。大伙儿挺感兴趣,就问:"你们技术员呢?"

工人们朝黄国卿一指,"他不就是吗?"脚上的牛粪、脸上的汗水、晒黑的皮肤,他已经不像个白面书生了。

那年,整个牛群的产量大幅度提高,很快,野营放牧在整个萨尔图地区推广。

牧场的任务是发展种畜。一个优良品种的育成,可不像加工一个机器零部件那么容易，也不像其他行业的科学实验，几年甚至几个月就可以出成果。要获得有稳定遗传性的完善的优良品种牛，要花费十年乃至几十年的工夫。事实也是如此，无数人为之付出了大量劳动。

黄国卿似乎并没有想那么多，也没有时间顾虑未来的路还有多远，他就一门心思搞育种。

先从整顿牛群开始，要优胜劣汰。

他白天晚上跟着牛、观察牛，干脆搬个行李，铺上草，就睡在牛舍里。工人夜间挤奶，他跟班上岗，边看边干，晚上睡不了几个小时。牛在草甸子上野营，他也住在野营点。不怕蚊虫咬，不顾大雨浇。他跟在老牛后面，一步一步地数。看牛，这一步能吃几口草，多长时间能吃饱。一天需要多少草，一天能有几次反刍，一边数，一边记。为了检查牛料是否可口，他用鼻子闻一闻，用嘴嚼一嚼。要看看牛是否过料，就用脚把牛粪捻一捻，看个仔细。

他对1600头牛挨个跟踪鉴定、记录、测定，给每一头都建了档案。这是个苦活儿、慢活儿，整整用了半年时间。有了档案的牛，每一头都可以往上追溯三代血缘，育种有了科学依据。

黄国卿一心扑在牛身上，他媳妇说："我们娘几个都不如牛犊子。"她哪里知道，随着育种工作继续深入，丈夫前面，还有更苦、更慢的工作。

1973年，冷冻精子实验开始了。当时这项试验在国内才起步，只能靠一步一步去实验。住进了实验室的黄技师，一心一意观察种牛精子存活情况。他白天在实验台上，赶不上吃饭，就请别人给捎两个硬馒头，晚上干脆睡在实验台上。20多天后，终于得到合乎要求的冷冻精子。

月报，年报，总结，牛群鉴定，选配计划、每次育种资料的分析、整理，他都要亲自统计，几万、十几万乃至几十万的数据，在电脑还不普及的年代，可想而知，这是多么浩繁的工作量。

第一阶段前半期，用了10年。后半期，用了7年。继续坚持，到了最关键的横交选育阶段，又用了8年。25年过去，数不清牛棚里长出了多少代牛子牛孙，黑白花奶牛终于有个模样了，产奶量和各项指标一点点上来了，黑白花奶牛的名气越来越大。黄国卿，也从毛头小伙到了人生中年了。

从1955年育种方案的制订，到1983年奶牛品种鉴定验收，几十年间，牧场体制多次变动，牛群进进出出，影响育种工作的正常进行。他自己工作多次变动，在机关，在基层队，也因"文革"影响下放劳动，他的目标从不改变，从不泄气。

他写了几十万字学术报告、技术论文和经验总结，被引入大专院校教材。1982年，全国奶牛协会成立，黄国卿当选理事。荣获优秀育种工作者称号并获金质奖章一枚。1984年，"黑白花奶牛品种培育"荣获黑龙江省重大科技成果一等奖。1983年，一本4万多字的《中国黑白花奶牛育种史》，黄国卿用40天夜以继日地完成。

时光荏苒，到了1983年8月，中国黑白花奶牛终于培育成功，正式通过国家验收鉴定。红色草原牧场的黑白花大奶牛成了在国家有登记的、响当当的名牌牛。然而，三十年过去，育种主持人黄国卿已是满头白发，苍苍暮年了……

四

1954年，上级给萨尔图种畜场派来一位"救兵"，28岁的季长青，从"大城市"铁岭种畜场下来和大家并肩战斗。这位高级知识分子的加入，为急需人才的草原带来了希望。

说铁岭是大城市并非戏言。1950年的铁岭畜牧总场，全名是铁岭东北畜牧总场，萨尔图种畜场是其下属的一个分场。

毕业十年间，季长青曾在哈尔滨农畜防疫所、兽医院、东北人民政府农业部畜牧处很多地方工作过，可以说是久经沙场。

他的面前是正被重重疫情困扰的种畜场。

不久前，一场突如其来的牛口蹄疫肆虐整个东北三省，波及萨尔图草原。提起这场浩劫，人们还心有余悸。

第一个病牛出自萨尔图一家个体养牛户，疫情很快传入了种畜场，一百多头牛病倒，两头牛病死，10天内，牛奶产量骤降三分之一。

牛群的"底子"本来就薄，都是建场之初从全省周边多地买来的，公牛血统不清，品种杂乱，母牛身上带着传染病菌，一大半都是病恹恹的。而牛口蹄疫是一种发生在牛群中的急性传染病，得病的牛发高烧，食欲不振，烂嘴、烂蹄，特别是犊牛死亡率极高。麻烦的是，这病还能传人。

那个年月，还不止牛口蹄疫。牛啊、羊啊、人啊，很多都得上一种更为奇怪的病。

牛羊得了这病，便流产，分娩时又传给牛犊、羊羔。人得了这个病，莫名其妙地发高烧，又不总烧，一会儿烧一会儿不烧，像波浪一样起伏，这病又叫"波状热"。病人浑身没劲儿，身上发懒，人们又给起个土名叫"懒汉病"。

羊圈打更的，本来是个兢兢业业的老实人，可是却怎么也打不起精神来，有一天，一不小心就睡到天亮，睁眼一看，完了，狼进了羊圈，一晚上咬死三四十只羊。

年轻小伙子得了这个病，高烧不退，火炕都快烧着了，还盖着棉被"打摆子"。兽医技术员得了这个病住进医院，病得身强力壮的大男人三伏天还捂在棉被里，勉强拄着棍子站起来，风一吹，直打晃。很多人腿疼，关节疼，因此骨头变形，落下终身残疾。

医院的主治医生很是抓狂，他们怎么也搞不清这到底是什么病。过了很久才知道，这种病感染的是布鲁氏杆菌，简称布病。

当时的人畜共患病很多，还有一种可怕的马的传染性贫血，看着好好的马，突然倒地就死了。还有羊癫病、牛结核病，都特别猖獗。

就像人类要与疫情作斗争，在草原，畜群的传染病是最大敌人，而兽医的任务就是与"病"作斗争。季长青背着药箱走遍草原，出诊、回访、指导、检查防疫情况。

一百多万亩的茫茫萨尔图草原，星罗棋布着若干个分牧场，下面又分出30多家基层生产单位，连接起它们的是一条条大土路、泥巴路，甚至有的地方没有路，也没有车。要去，就靠两条腿走，如果遇上送牛奶的马车经过能捎个脚、搭个车，算是幸运。

牧场太大了，下基层的人，当天下去当天是回不来的。从这个队到那个队，一走就是十里八里，偏远的牧场几十里甚至近百里，季长青一下去就是十天半个月，走到哪住到哪。草原有多大，季长青就走了多远。牧场有多少家单位，他就走了多少家，牧工们没有人不认识他的。

为了应对畜群传染病，季长青想出一个办法并赢得领导支持。首先是整顿牛群。对牛群做点对点的排查，把有病的和健康的分开养。第二步，保护牛犊。对新生的牛犊，要抓紧隔离饲养。第三步，对健康牛群要严密跟踪，定期检查。第四步，病人养病牛，同时增加伙食费和保健津贴。第五步，严加封锁，不让外界病畜进入。

"五步走"措施的制订本就不易,实施起来更是难上加难。这就意味着把原来的牛群编制打乱重分,而且养牛的人要随着牛走。牛组新牛群,人建新队伍。其他畜群也采取同样办法。

经过周密筹划,精心准备,一场浩浩荡荡的大行动开始了。牛群、马群、羊群、人群,马车、牛车、斗子车,搬家的队伍排成连绵长队,顶着风冒着雪,从东方欲晓走到草原日落。还有,防疫知识要培训,防疫制度要落实,畜群管理要到位,新情况要掌握,要做的事情太多了。

后来,季长青调到了离家18公里的新组建的病牛场。一点一点,奶牛布病、奶牛结核病的阳性检出率大大下降,直到最后全部清零。

1963年冬天,一场更为凶险的牛口蹄疫卷土重来。先是一个牛场出现疫情,接着,6个牛场陆续感染。4000多头奶牛,有1000多头感染,其中40多头突然死亡。

此时的牧场已是红色草原农垦局。局党委连夜成立防疫指挥部,季长青率领畜牧兽医人员冲锋在最前线。提出了"大封封严,小封封死",打响了一场牧场史上最严最长封控的抗疫之战。

大封,是对各分场,大封区设专职防疫员,站岗放哨。设消毒站,过往人员、车辆必须全部消毒。小封,是对几十个基层畜牧队,小封区里外都隔离,不仅牛马不能出区活动,有关人员也必须在区内食宿。

晚上,人睡在牛棚,老牛成了室友,距离不到1米,人与牛互闻鼻息。牛才不管外面都发生了什么,悠闲地吃喝拉撒。吃草时,大嘴巴一噘就把草撅到"室友"身上去。牛粪"啪嗒"一下,就落在"室友"脑袋旁边。

人与牛,白天晚上同吃同住。牛开饭了,草料吃得挺好。人也开饭了，门缝里伸进一只超长把的大铁勺子，"哐！"倒进来大米饭。

元旦过去了，腊月过去了，春节过完了，正月出去了，二月二过去，整个冬天过去了，人跟牛更亲了，就是都快想不起来老婆孩子啥样了。终于熬到胜利解封。牛们，各个健壮，牛气冲天。人呢，从牛棚里走出来，手搭凉棚，太阳亮得刺眼睛。一身牛粪味，胡子拉碴，头发已经像小女孩子那么长了。这不是小说，而是历史，有资料记载，"这次口蹄疫，从发生到解除封锁，历时80天"。

天苍苍，野茫茫，风吹草低见牛羊。布病彻底灭迹。牛结核、马传贫全部控制。但是只要牛群、马群、羊群生生不息，防疫工作永远不会结束。

一年又一年，季长青老了。随着一茬茬农业大学、农校的毕业生来到草原，兽医队伍日益壮大。牧场有了畜牧兽医总站，分场有了兽医站，小队也有了专职兽医。季长青成了令人敬仰的"季技师"，但他依然常下基层指导工作。

在省里、公司的专业培训班上听过季技师讲课的年轻人，无不对他充满敬意和崇拜。很多人拜读过他发表在国家、省级期刊和各种学术交流会上的学术论文，有的著作引起国内外专家重视，法国家畜科研中心来信要求再版。到1991年离休，这位老人共获农业部、省和农场总局与市、公司劳动模范等称号36次，获科学成果奖15次。

光阴荏苒，时代变迁，牧场早已在历史大潮中转身融入大庆石油新城。季长青曾经走过的大土路、泥巴路变成宽阔平坦的世纪大道、学伟大街、纬二路、中七路，而不计其数的健康黑白花奶牛的后代们，依然以醇香的牛奶滋养着一方黑土地。

翻开那本发黄的《牧工商联合公司志》，上面记载着前辈走过的路——

"总兽医师季长青,伪满哈尔滨农大毕业,高级兽医师,公司总兽医师,长期主持公司兽医工作,在家畜育种、繁殖、防疫和牧医学术研究等方面多有建树,在国内外均有一定影响。"

在这行字的下面,还有一长串兽医师的名字,后面紧接着:"在防治牛、羊布氏杆菌病和牛结核病等方面做了大量工作,为牲畜育种扫清了道路……"

时光远去,牛奶飘香。写到这里,我理解了父亲对师傅的发自内心的敬重,想到如今,已离不开牛奶飘香的美好生活,不禁眼睛湿热。斯人已去,但是他们毕生为理想奋斗,挺起了中国"脊梁",想起这些埋头苦干的人、拼命硬干的人、为民请命的人、舍身求法的人,我肃然起敬。

星火泡南岸的"牛"和"油"

一

广袤的松嫩平原,自古没有一条河流经过,却不缺沼泽、湿地和星罗棋布的水泡子。星火牛场旁边的星火泡水汪汪、亮晶晶,羊草茂盛,芦苇浩荡,牧牛人常把牛赶到泡子边放牧。

星火泡边的老牛可不是一般的老牛,就连放牧员都是不简单的人。有一位放牧员叫孙锡志,1955年、1956年两次进京开会、领奖,奖状上写的是"全国青年社会主义建设积极分子""全国劳动模范";1957年,他被评为"全国总工会积极分子"。背牛犊子的王德成,1958年也去了北京,参加全国农业社会主义建设积极分子代表大会。1956年,和孙锡志一起当上全国劳模的还有一个人,是公牛饲养员马凤亭,他也去过北京开会,一次是"全国农业水利工会先进生产者代表会"，一次是"全国工会第八次代表大会"。

全国劳模养出的老牛，长得好，出奶多，是见过大世面的牛。如果青草有记忆，如果老牛会说话，如果养牛人们都还活着，他们就会讲起，在美丽的星火泡南岸，曾经有过怎样激动人心的时刻。

那是1958年9月，时任农垦部部长王震来过。那是1959年11月8日，时任黑龙江省委书记欧阳钦来过。那是1960年4月24日的上午，国家领导人邓小平同志来过，他身穿浅色制服，头戴宽檐草帽，步伐稳健，亲切地与大家交谈并合影。他很关心地问牧工的收入怎么样。他视察了种牛、种马和黑龙江马培育群后说："你们的牛养的好，马养得好，特别是种牛、种马要养好，发展下去，要支持石油开发建设。"那是1960年8月的一天上午，时任国家主席刘少奇来到牧场，随行的有省领导、松花江地委领导和大庆等有关部门的领导。他视察了采油一厂一矿的一口油井后，乘坐吉普车来到了星火泡边。在牧场领导的陪同下，很有兴致地观看了种牛、种马。

二

不知从哪一天开始，牧场人家门前，有穿着"杠杠服"的人经过，是松辽盆地石油勘探大队的人，他们来找石油，就在牧场总部的房子里借住。后来，牧场小学转来几名新同学，都是石油队的孩子。他们吃的穿的用的比牧场的孩子好，牧场孩子去新同学家玩儿，平生第一次见到了雪白雪白的毛巾和电池等新物件。

1960年的3月11日，牧场的萨尔图总部正在召开年度劳模大会，"黑棉袄"把俱乐部装得满满登登，总场的、分场的、大队的、小队的，养牛的、养马的、养羊的、养猪的、养鸡的、种地的、修理拖拉机的、兽医、畜牧师，各个行当都来了，总结经验，表彰先进，披红戴花，上台发言，谋划着新一年怎么干，要把红色草原搞得更红火。

会开到一半，传来一个惊天喜讯，松辽石油勘探局在安达县红色草原公社境内打的一口探井，只打了 680 米井口就喷出了石油，这口叫萨 1 井的井，距离当年日本人打井的地方只有 1 千米！日本人占领东北那么长时间，找来找去都没发现石油，老天有眼，让我们自己找到了，还是在家门口老牛吃草的草原上找到的，真是了不得！

石油可是个宝贝啊，飞机、大炮、汽车都用它，就好比是一个人的血液，没有油，机枪就是个烧火棍。原来这大草甸子上有好羊草，草甸子底下还有流动的石油，我们的好日子要来了。

作为坐地户的牧场人高兴得无以言表，拿什么去祝贺呢？大伙儿说，把猪杀了吧。1960 年，正是全国闹饥荒最严重的一年，一头肥猪，对于饿着肚子劳动的大伙儿来说，是近乎奢侈的事情，但是没有人舍不得，毫不犹豫地给石油兄弟拱手奉上。

会议暂停，一方面，牧场领导亲自跟着一辆老牛车拉着肥猪去慰问，一方面组织 500 多劳模代表赶往现场，一锹，一镐，刨开冻土，帮着石油队挖了一个大油坑。人们并没有意识到，这个让大家挥锹抡镐的汗水湿透棉袄、棉裤的大油坑，是大庆油田开天辟地的第一口油池。他们只惦记着，干完了活儿，能用报纸包一包石油回来，好让大伙儿一饱眼福。一听说是第一口井出的油，从没有见过石油的人们忙围上来左瞧右瞧这黢黑黢黑的东西，七嘴八舌议论着。

为了能让家人看一眼石油，有人找了罐头盒子、玻璃瓶子，还有人用雪花膏瓶抹上一点儿，下班一进屋就像变戏法似的拿出来，媳妇和孩子们都过来凑近了吸着鼻子闻闻，哦，原来石油没啥味儿，像膏药。

其实,早在石油勘探的时候,牧工们就开始帮忙了。负责保卫萨尔图第一口井的,就是红色草原牧场下属的五星羊场派过去的一个民兵班。

千难万难,好不容易打出的井,既要防止被人破坏,也要防止被牛拱坏。石油队人手不够,牧场领导安排帮忙做保卫工作,民兵们黑天白天三班倒地看井,像老羊倌儿看护羊群一样目不转睛地守着。他们知道,这是探井,还没有正式开采,啥时候钻井完成了、啥时候正式出油了才能撤。

到最后井打成喷油了,执勤的民兵、老百姓和石油工人把井场挤得满满的。好家伙,那井管子前面扎的红布,像个新娘子,从里面喷出黑金一般粗壮的油流。几十年后,世上还流传着一张老照片,画面里,"主角"油管横在中间,四圈全是人,有抱着孩子的妇女、有走路颤巍巍的老人、有穿着"杠杠服"的、有穿着黑棉袄的,井场周边残雪尚未消融,油管子上的红布飘舞,人们相貌各异,都是心花怒放的表情,有的跳起来、有的张开双臂,尽情释放心中的狂喜。

后来,萨1井改名为萨66井,后又更名为南2-6-31井。

三

1960年3月16日,会战领导小组决定挥师北上,会战萨尔图大草原。而这里正是红色草原牧场的中心,有300万亩土地,耕种着38万5千亩的田地。养育着7000多头奶牛、8000匹骏马、1万多只绵羊,还有大量的黄牛、猪、鸡。

作为萨尔图地区一家独大的国营单位,牧场人专门成立"支援石油办公室",掏"心窝子"提出"要人给人,要物给物,全力以赴"。1万人口的牧场,洪水一般涌来好几万石油大军,住在哪里成了亟须解决的问题。有一次，一下接待了1万多人，办公室的人既要组织欢迎，又要组织车接送，还要安排当天的食宿，家在萨尔图也没时间回去，忙得团团转。

对支援石油办公室的人来说，最难办的是住宿。要在短时间内，盖起可供居住的房子不太现实，牧场的办法是修、倒、挤、建，四样"齐步走"。办公室、厂房住满了，就挨家派。为了给石油兄弟找地方住，牧场人想尽办法找房子、让房子。有的3间房的，倒出一头，两间房子的，腾出一铺炕，职工家里安排完了还不够住，就把牛棚、马厩腾出来，凡是闲着的都拾掇出来住人。

有一次，来了4千名石油工人，牧场领导动员各家各户挤下了3千多人，但还有500多人无处安排，就在牧场俱乐部昼夜突击搭吊铺解决。于是，几年前山东青年垦荒团的72人睡过的星火牛场俱乐部舞台，又成了新一批的创业者的床铺。

有一家人挤进小仓房，把正房让给一个石油连当连部。时任萨尔图牛场书记的高永发，带头把自家的三间房全部倒出来给石油人住，全家12口人都去外面找地方住宿，还两次把找到的房子让出来给别人。在他带动下，报名让房子的有36户，其中有革命烈士家属老大娘，还有生育刚3天的妇女。只要能让石油兄弟住下，房子能修的修、能倒的倒、能挤的挤、能建的建，共倒出2781间。

为接待石油部领导和各石油局领导，牧场在原来招待所后面新建和改建了贵宾招待所和第三招待所。余秋里、张文斌等同志曾经多次住在这里。为保证石油工人吃菜和住房问题，牧场党委决定让20个分场每个分场都建一个砖厂提供红砖，每个分场都种20垧菜。

1960年夏天，阴雨连绵，道路泥泞，车辆通行困难，常有石油队的车辆陷在烂泥巴里，牧场把仅有的两台斯大林八十拖拉机派来救援,全场的链轨拖拉机都集中上来专门帮石油工人搞运输。火车站的物资运不过来,堆成了山,货场没法卸货,牧场领导就带领机关干部帮着装车,卸货,倒货场。

60多年以后,我在大庆市图书馆地方史志馆的一份发黄的史料里,看见了当时牧场支援石油会战的一长串数字——

"组成800多人的建筑队伍,共建土房15000多平方米,派出大批工人为油田搭设板房、帐篷,改建办公室和牛棚。共支援出工2495人次,44133个劳动日,机车百余台次,马2900匹次。"

"1960年3月—5月,牧场为油田提供粮食80多万斤、豆油1万多斤、猪肉近5万多斤、蔬菜800多吨、防风镜7000副、自行车20台、电灯泡5000个、电线10000米、小鸡300只。"

四

人们万没有想到,随着一口口油井、一座座泵站和油库建设起来,牧场失去很多肥美的草原,"油"和"牛"之间产生了矛盾。在萨尔图去往安达的马路上,牧场送奶的马车和石油队的汽车"杠"上了。东风卡车威风凛凛开得很快,把马车挤下了路,几个奶罐东倒西歪,白花花的牛奶洒了一地。牛场运料的马车走着走着,被一堆测绘仪器给挡住了,车老板用长辫子一扒拉,七七八八的仪器就滚到了旁边去,一声"驾!"扬长而去,气得石油队人追着后面喊。

"杠杠服"和"黑棉袄"干上了,"牛"和"油"打得不可开交。最后《关于石油钻井占用红色草原土地的情况汇报》摆到了时任国务院总理周恩来的办公桌上。

1961年11月5日,在萨尔图召开一次油田土地会议,在会上省委做出了指示:"地上服从地下,牛让油。"1963年,黑龙江省委做出决定，9个牧场全部迁出油区。

石油大会战如火如荼，轰轰烈烈，与之同步的是牧场人一次披荆斩棘、栉风沐雨的万人大动迁。星火牛场整体迁到了林甸县的山东移民新村，其他一些牧场归并整合。还有便是一行千百里的远征，有的去了大兴安岭，有的到了黑龙江省北面的农场。

20世纪的阳光又照耀大地22年，当年的小孩儿都已迈入花甲之年、古稀之年，他们依然记得小时候总是搬家和不停地转学。出生在老奋勇牛场的人，六岁时搬到了上游牛场，十岁时又搬到了红卫星猪场，再后来又"连窝端"到了新星火牧场。有人一辈子也忘不了，那次兴师动众坐着火车的大搬家。小小年纪，第一次坐火车出远门，很多小伙伴的家也一起搬，还是很兴奋的。他们和家人坐了三天三夜的火车，到了黑龙江省佳木斯市一个叫桦川的地方，那里的房子已经盖好了。

小孩儿只顾新鲜，他们哪知道，为了这次大搬家，牧场已提前建好了新居民区。小孩子们更不知道，这次背井离乡的搬家，动员工作有多么艰难。有个小伙伴家是最后一批搬走的，搬家遇到的最大阻力就是孩子的妈妈。指定的时间到了，东西装上了车，孩子也上了车，可是孩子妈妈一屁股坐在了地上泪流满面，说什么也不走。

孩子的爸爸耐着性子好说歹说，实在说不动，他咬牙扔下一句："不走，就拉倒吧！"车队要出发，不能因为一家耽误了整体行动。最后，哭成了泪人的妻子被丈夫硬给拖上了汽车。车轮滚滚扬尘而去，把萨尔图草原抛在身后，女人的泪水再次奔涌而出，这里有她起早贪黑耕出来的田地、播下的种子、养大的牛羊，这是生活了几辈人的故土，怎么舍得走啊？可是一声令下如山倒，名单公布下来，丈夫作为党员干部要带头执行，不能拖单位的后腿，这个理她也知道。她和他都深知，生活还要继续，不可能"拉倒"。

这一幕发生在1964年春天的萨尔图草原上。搬家的车队浩浩荡荡，延绵在草原的土路上，火车站上，古老的滨州铁路沿线上。从1960年开始，红色草原地区三千多职工、两万多家属大搬家。

事实上，为了安置好动迁人员，牧场领导做了大量的准备工作。首先要找到一个新的创业地。当时的牧场场长莫余生是一个传奇人物，牧场人都亲切地称他为"老莫头"，他的故事三天三夜也讲不完。这位莫场长1913年出生，1983年去世，当年正是四十七八岁年纪，他用自己的吉普车拉着手下搞建筑的，搞水利开发的，搞测量的几名"干将"去现场考察。那是被老百姓称作"大江底子"的荒芜之地，他们要像当年陈重在萨尔图荒原上创业一样，在另一片大荒原上重建家园。

不知用了多久累了多久，人们又开出二十八九个小农场和一个大总场，成为黑龙江农垦的一个农垦局。2018年9月25日，习近平总书记来到了建三江农垦管理局，经历了几十年的建设，一望无际的大农田已经成为国家重要的大粮仓。随便走访一下建三江马库力农场，会遇上很多当年红色草原牧场人的后代。老人们还能走动时，也常回来探亲，满头白发的人了，一做梦，人好像还在大庆那个老家呢。

车轮滚滚，泪眼迷蒙，到了1965年，搬迁工作全部结束。红色草原牧场减少了300平方公里的土地。奶牛和马的数量分别减少了53%和7.8%。从此，大牧场"元气大伤"。

大庆地界上出现了两个星火村，一个是老星火，一个是新星火。石油队在老星火安营扎寨，"种"上了一口口油井、水井，一座座计量间、变电所，转油站，一个个大油罐、水罐，一排排电线杆，黑金子般的石油源源不断地从大草原的地底下抽出来，运出去，流向国家的四面八方。正如这两个老地名的故事一样，大庆一带又出现了一批"老"字的地名，老星火、老奋勇、老丰收、老上游，一个"老"字，深藏在奔涌向前的时光里，故事多多。

五

1963年，石油会战取得胜利，大庆油田进入正规开采阶段。石油部领导余秋里来大庆，专门宴请牧场的同志，他深情地说："你们在生活上给了我们很大支持。"后来，他在回忆录上专门写了一篇《黑龙江大地的一片深情》感谢黑龙江人民对石油会战的支持，深情厚谊——

"大庆油田位于一望无垠的松嫩平原中部的千里草原上。这里曾经是当年抗联战士反抗日寇侵略者的现场，也是世界上少有的超过百万亩面积、生长优质牧草的优良牧场之一。早在解放初期，根据原中共北满分局书记陈云同志的指示，就在这里建立了红色草原牧场。"

"但是，恰恰在这块宝地的下面，发现了丰富的石油。草原上的农牧民都很高兴，他们像当年支援解放军一样，忙着为远道而来的石油工人腾房子，为钻井队挖油池，给王'铁人'他们送鸡蛋，让他们骑上高头大马去参加英模盛会。仅1960年4月—5月，他们就接待了几万名石油大军。"

"随着会战的广泛深入开展，一口口油井、一座座泵站、一条条管线，一片片'干打垒'相继建设起来。这些设施占去了一块块肥美的草场。农民们这才发现，开发建设油田，必然要破坏他们赖以生息发展的草原。'牛'与'油'之间存在着的矛盾开始暴露出来，牧场和油田的争执不断发生，不断升级。甚至牧民强行扒掉了盖在'万斤垧'田地上的小型炼油厂。"

最后，余秋里动情地写道："大庆是党中央、毛主席的大庆，是全国人民的大庆，这是我们石油职工的心里话。"

1977年，会战指挥部副总指挥张文彬回到大庆，见到那时候牧场援助石油办公室的同志，说："你们是有功之臣。石油开采初期，没有你们的大力支持，是一事无成，这将永远载入史册。"

尾声

时光不居。新星火牧场在时代浪潮中几经变革，如今成为一座美丽的绿色生态牧场。1971年，我出生在距离"新星火"场部十里地的父亲工作的一间小兽医室里屋的土炕上。20年后，我从大庆石油院校毕业成为一名石油人。更巧的是，工作第31年的一天，我惊讶地发现，自己供职的大庆油田第三采油厂的一个生产作业区采油班组的位置，与当年的老星火牛场只隔着一个星火泡的距离。

我这个"牧二代"和石油同事们每天奋力"为祖国献石油"，当年住过牧场牛棚、马厩的"油一代"已所剩不多，"干打垒"里出生的"油二代"也至暮年，"油三代"已成为石油大军的主力。而我们战斗的地方，正是原红色草原牧场的上游牛场、奋勇牛场、丰收羊场所在地，那里"生长"着高高的井架和一株株茁壮挺拔的采油树。星火泡边依然是水汪汪，飘荡着亘古不变的浩荡芦苇塘和青青的羊草，或许它们还默默记着一些关于"牛"和"油"的零星往事。

尽管很多事情都发生在我出生之前，年过半百的我依然对萨尔图草原的前世今生充满好奇。有一天，我在网上搜索"星火牧场"，找到一段极为简练的说明——"大庆市星火牧场是中国第一批国有农牧场，有悠久的养殖奶牛的历史。历经独立三团、红色草原牧场、大庆市牧工商联合公司、大庆市三环企业总公司变革，于2000年3月份划归属地管理。牧场一直以繁育纯种黑白花奶牛而闻名遐迩，是众多乳业集团的重要奶源基地。"

哦，这片盛产石油的美丽草原，那个牛奶飘香的故乡。

第三辑 美丽冰雪

在每个人脚下
都有一块属于自己的"冰"
可以滑向远方
挺过披星戴月训练的日子
熬过筋疲力尽不想站起来的时刻
支撑自己坚持下去的
就是梦想的力量

短道传奇　冰上远方

序曲

2022年1月13日早上8点,我从大庆东站乘上一列开往七台河西的动车,过了哈尔滨,座椅被扭过来,车头调转,一路向东,风驰电掣了3小时40分钟后,我便一脚踏进了零下25摄氏度的七台河。

可真冷啊,刚一下车,就感觉整个人像掉进冰窖里,两只眼镜片迅速结上一层薄冰,脸上的口罩变得硬硬的。终于走出漫长的通道,到了出口,大老远看见一身白衣白裤的美女赵壮志站在站前广场的寒风里,冻得跺脚又搓手。她发现了目标,马上冲过来,和阔别两年的我来了一个大大的拥抱。

壮志和我在省萧红文学院学习的时候是同寝室友。出发前一天,她听说我要来采访,微信里兴奋地说:"姐,太欢迎你来了,我们七台河有好多冠军故事,你肯定能有大收获!你就说需要啥吧,我全力保障。对了,我还要请你吃大餐。"

路边一辆白色轿车静静地等着我们,上了车才知道司机竟是壮志的爱人,两口子一起来接站,隆重得让我不安。

车子启动,七台河矿业集团宣传部干部赵壮志开始热情地介绍:"我们七台河有新兴区、桃山区、茄子河区,还有一个勃利县,咱们现在所在的西站就属于勃利县。三区一县,60多万人口,给出租车六块钱能把整个市中心区转一圈，就是这么大！"

车子稳稳前行，壮志情绪高涨："姐，我给你演一个导游吧！"

"欢迎作家姐姐来到我们七台河，我们的北面是双鸭山市，南面是鸡西市，东面与俄罗斯接壤，向西则是省会哈尔滨，地理位置可以说是整个中国东北方的东北方。我们这有煤矿，开发60年，产煤6亿吨，大部分市民都是煤矿工人，就像你们大庆大部分都是石油工人一样。"

司机不说话，笑眯眯地听着他美丽的媳妇儿说。我也听得津津有味，连连拍手："接着说，接着说。"

"导游"开始上手势："请看我左手边，这是桃山公园，右手边，是湖滨广场，远处是美丽的桃山湖，正前方是七台河著名的地标性建筑，也是爱国主义教育基地——冠军馆，原来也叫观光塔。这里有特别能吃苦的矿工精神，有百折不挠的东北抗联精神，还有顽强拼搏、敢为人先的冠军精神。"

"哈哈哈！你说得咋这么溜呢？"我惊讶又佩服。

"我们宣传部本行啊，每年都要组织到这里参观，搞爱国主义教育。"

"对！你们有冠军精神。这是一座冠军城。就是这个'冠军'吸引我来的，这座冠军城真是太神奇了。"这两天，我满脑子都是"神奇"这两个字。一座边陲小城，出了这么多世界冠军，就连我这个对体育一窍不通的外行，也能随口说出杨扬、王濛、张杰、孙琳琳、范可新等一大串名字。既有冬奥冠军，又有特奥冠军，还有世界冠军，究竟是几位冠军，什么比赛项目的冠军，网上一查，有时候数据都不一样，那是因为年份不一样，总是在更新，总是在增长，全中国短道速滑项目的台前幕后，前世今生，好多重量级人物都跟这个地方有关，"冬奥冠军之乡""世界冠军摇篮"可不是虚名。

"究竟是拥乎啥❶呢？"我俩来了一句纯正东北话。

街上的车流显得若无其事，远处的矮山丘陵默默不语，它们似乎都不关心我们的话题。所遇行人都是东北人寻常的打扮，熟悉的口音，感觉不到哪里有什么特别。

然而，当我在之后3天的行程中，2次走进冠军馆，3次走进短道速滑训练场，遇见一个又一个夜以继日在冰上飞驰的孩子、辛勤育苗的教练、心怀热望的家长，我发现这座小城有一个强大的"能量场"，正源源不断释放着一种稀有又宝贵的物质，人在这"场"里走上一遭，会被洗涤，会被同化，会被感动，会忘记一些杂七杂八的东西，会更坚定。

一个人与一座城

在七台河的冰场上，他的名字无人不知。他自己不是世界冠军，却用毕生心血浇筑出一个领奖台，那上面站满了矿工的孩子，都是世界冠军。筚路蓝缕，披荆斩棘，开疆破土，人们感念这位"开拓者"，现在的很多教练员和当年的运动员都把他像父亲一样看待，他的故事在七台河、在黑龙江、在全中国的冰场上流传……

我算了一下，如果他还活着，该是一位72岁的老人了。他也会像别的老人一样，在温暖舒适的住所里尽享天伦之乐，或是也像别人一样闲不住，发挥余热，做点儿自己喜欢的事情，特别是教学生滑冰。可就在16年前的那一天，为了去赶一场金子般宝贵的上午10点

---

❶ "拥乎啥"是东北话"因为什么"的意思。

钟的"冰",他生命的时针戛然而止,永远停在了55岁上。他的名字叫孟庆余。他是一名七台河市的短道速滑教练,一位全国五一劳动奖章获得者,受过时任国家领导人江泽民同志亲切接见的人。

这是2022年1月13日的七台河,天空湛蓝湛蓝的。54岁的短道速滑女教练赵小兵和爱人李岩要去看一个人。早上,他俩从家里开车出来,20多分钟后驶进另一个小区。停好车,按门铃,上楼,一切显得熟门熟路。

门开了,开门的女主人梳着一头短发,皱纹已爬上眼角,但腰身挺拔,声音甜美,岁月悠悠,不经意间,已迈入古稀之年。她笑呵呵地把一对老朋友迎进屋来,热情地招呼落座,喝茶。当她得知,赵小兵过几天就要去北京冬奥会现场助威,并且是省里给予七台河的唯一名额,特别高兴,两个人一下子抱在一起。

女主人叫韩平云,是孟庆余的爱人,一个人生活很多年了。其实,就算是孟庆余在世的时候,她的生活也相当于是"独居",结婚那么多年,他们一起过日子的时间,算起来不过四五年。

赵小兵作为孟庆余的亲传弟子之一,从15岁起就是他家的常客。她一开始叫她"韩姨",后来喊着喊着就喊成了"韩姐",她觉得这样喊,更亲切。每逢过年过节她都要来的。这条"回家"的路,赵小兵自己都不知道走过多少回,从当运动员到后来当教练;从开始的平房到后来的三楼,再到现在的十楼;从孟老师活着,到孟老师突然去世,一走就是三十多年。

一来,她就能想起很多往事,想到孟老师为他们遭过的那些罪,想到韩姐受过的那些委屈,也能看见年轻时候的自己。

她和韩姐都好久没有去过那个老地方了。就在现在的七台河新兴区,有一个罩在房子里的看台,20世纪70—80年代,那里曾经是一个露天篮球场的看台，房子是后来加盖的。孟庆余和他的小队员们就在那里学习、吃饭，就在这个没有窗户、没有暖气、夏天漏雨、冬天漏风的看台下面住宿。

那是真正的白手起家。速滑队建队之初的孟庆余被人戏称为"瓦匠教练"，因为他要自己动手盘火炕、搭炉子、砌锅灶。办食堂没有锅碗瓢盆，他回家拿，伙食补贴不够，他自己垫，连准备结婚打家具的木板他都扛来，成了队员夏季训练的滑板。

他还自制浇冰车，把一个大铁桶焊在铁爬犁上，下面连一根铁管，铁管上有水孔，能均匀出水。过来人都知道，七台河开创滑冰事业，这台车是当年最重要的家当。

哪有室内滑冰馆啊？到了冬天，大水塘就是滑冰场。他每天凌晨三点爬起来到冰场，一天里这个时间最冷，浇冰效果好。起大早也是因为这时候居民们都在睡梦中，不用水，水流能大点儿。

天真冷啊，最冷时能达到零下40摄氏度，人都快冻僵了，他却盼着天再冷点儿，冰能冻得更结实。他一桶桶地提水，把大铁桶装满，再拉着一吨多重的爬犁一圈圈地浇冰，出水管冻堵了，再用热水烫开。浇完冰，整个人就成了一个"冰雕"，根本没时间暖身子，换下冻成"冰铠甲"的大衣就上冰做他的教练去了。

这个听起来就让人直打哆嗦的苦差事，一般人偶尔为之都难做到，可他整个冬季每天都在做，整个教练生涯一直都在做。滑冰的人越来越多，他高兴！全建兵来了，刘秀荣来了，李德茂来了，杨玉芬来了，后面还有赵小兵、张杰、张晓春、屈丽华、杨少华、王浩然、王小凤、董延海、马庆忠，再后面是杨扬、王濛、李红爽他们，孩子们放下书包，背着冰刀去滑冰。其实，第一批孩子的"冰刀"，还算不上是"冰刀"，那是绳子绑在木板上自制的"土冰刀"。

跟老师训练的日子，总是让赵小兵难忘。教练管队员们日常的吃喝拉撒，婆婆妈妈，更主要的是研究出一套自己的训练方法。他带着学生们爬山锻炼腿部力量，练习侧蹬；为增强肺活量，在水里练憋气；为锻炼胆量，带着大家从十几米高的桥上往水里跳；为锻炼耐力，带着大伙儿骑自行车长途拉练。最长的路线是从七台河出发，途经牡丹江到达哈尔滨，再从哈尔滨经依兰返回七台河，往返近千公里的风餐露宿和长途跋涉，这是现在的人坐动车都会坐累的距离。

每次拉练，孟老师背的包永远都是最重的，要照顾落在后面的小学员，要随时修理出了毛病的自行车，要操心孩子们饿不饿、渴不渴。有一次长途骑行，队员们发现教练好长时间没有跟上来，就回头去找，结果看到一个人倒在路边的深沟里，手臂剐开一个大口子，鲜血直流，骨头都露出来了。走近了一看，是他们的孟教练，他是累晕倒的。孩子们吓得手足无措，只会围着他放声大哭。他醒了，给自己简单包扎一下，又骑上车子，带着孩子们出发了……

赵小兵知道，孟老师生前最高兴的时光都在冰场上。学生们出成绩了，训练条件改善了，"上面"又给政策扶持了，只要是跟短道速滑有关的好消息，他都会很高兴！所以，每当她自己有了好消息，总是第一时间给韩姐报喜。她觉得韩姐知道了，孟老师就会知道。

如果时光倒流45年，就能看见1977年的孟老师。那时候，他才26岁。他带的七台河的孩子们成了全省滑冰比赛的"黑马"。合江地区速滑队一共13名队员，有5名是七台河选送的。后来，市里支持，孟老师把三十多个重点班的孩子带到了哈尔滨，因为那里有个冰上基地，有块好冰。

没钱啊，租便宜的棚户区的平房住，租更便宜的地下车库住。没钱啊，孟老师每天都起大早，蹬着车子多跑几条街去跟菜贩讲价。练了一天，孩子们都睡着了，他又轻手轻脚地把自己关在卫生间里，一双接一双地把冰刀都磨好。

他辅导孩子们文化课，他背起生病受伤的孩子往医院跑，这些他都不怕，他最愁的是上冰时间。要上冰的专业队多，他们这些小队员的上冰时间只能在后半夜。午夜前后，把练了一天的孩子从熟睡中叫醒，真是太难了，太困了，有的孩子走在路上就瘫倒睡着了。

有一年春节放假，省体委领导到冰上基地慰问值班人员，没想到冰场上竟有一个人带着一群孩子大呼小叫、热火朝天地专心训练，完全没有一点过年的感觉。默默观察好长时间，这位领导十分感动，后来在工作会议上说，七台河有这样甘于奉献的教练，非常可敬。

父亲去世的时候，孟凡东还很小，作为孟庆余唯一的儿子，他嫉妒父亲的学生们。因为从小到大，父亲没带他去过公园，也没参加过他的家长会，就连父亲去意大利参加冬奥会买回来的巧克力，也是只给队员们吃，没有他这个亲儿子的份儿。父亲留给他唯一的念想是一只望远镜。那是因为他对学生太严厉了，他们为了出气，把孟凡东打了一顿，儿子哭着去找父亲，可父亲并没有批评学生，"破天荒"买了望远镜给儿子作为补偿。

我的"花骨朵"此生只为助你盛放

她把听不懂话的顽童送上了重点班，又张开怀抱迎接新一批"小崽儿"，一年又一年，孩子们升级了，而她一直在"留级"。启蒙教练是最不容易出成绩的，明知即便用尽全力也未必马上看见"金牌"，她不在乎。因为她要的是帮孩子们实现冠军梦。从青春到白头，从努力到无能为力。韩姐说："赵小兵就是孟老师的化身。"

赵小兵去北京之前，特意打扮了一下自己，稍微化了小淡妆。拉杆箱里装了一套崭新的"国服"。衣服上绣着国旗，是运动员参加比赛或者颁奖时穿的最隆重的服装。一晃，在冰上的大半生过去了，还有一年就要退休了，能参加这个助威团，她太激动了，高兴得好几宿都没有睡着，激动得总想哭。

我问赵小兵："为什么一直在干这个教练，有没有机会可以不干？"

她说："只要我愿意，我随时可以不当这个教练，我这个七台河市少儿短道速滑业余体校副校长只要管好教练就行了。可是我不，因为我有梦想。"

"15岁，我从田径转成滑冰。有一年全国比赛，我得了陆上的100米冠军，当时也给算一块冰上的金牌。这是我唯一的一块金牌，其实，我从来没有得过真正的滑冰冠军。"

"那时候，我成绩挺好的，上了速滑队的重点班。可每个月要交15块钱伙食费，我爸爸一个月才挣37块5，家又离得远，每次训练要走40分钟。太难了，趁孟老师出去比赛，我溜回了家，不想干了。他回来就上我家找我，早上，我不在家，中午，我不在家，到了晚上，他又来了，非要我回去。伙食费，不是他帮我交，就是韩姐帮我交。冬天还让我住在他家，后来又把自己的新自行车送给我骑。那是一台孔雀牌自行车，特别漂亮。你知道吗，那时候有一辆自行车，就相当于现在有一辆很好的小轿车。"

"后来我自己当了教练，越来越理解孟老师了。他就是不想放弃他认为有发展前途的孩子，为了留住人才，他宁可自己吃苦吃亏。"

"孟老师一直看好我，可是后来在一次训练中，我的膝盖被一个队员的冰刀扎了。18岁以后再跟成人比赛，我就不行了，一直没有什么成绩。20岁那年,孟老师就看出来我没有什么特别大的发展,让我回去当教练。他说,你就上电视台做广告。可是当教练多难呀,我哪会呀?我就哭了,觉得孟老师不要我了。"

"家乡的朋友跟我说,快回来当教练吧,那我也没回去。当运动员的,谁没有一个冠军梦呢?我憋着劲儿,又滑了两年。到了22岁,觉得自己真是不行,这么练下去,太耽误时间了。"

"我当教练的时候,除了孟老师力挺,几乎没有人看好我。我们这些人,从小在体育局的眼皮子底下长大,跟我同期一起当教练的,有的都拿过全国青少年冠军。有人说,你看你也没有什么成绩,孟老师还得求着你当教练,真是奇了怪了。"

"当时我就想,我,一名普通的运动员,一定要成为一名好的教练员。因为我怀揣着梦想,因为我有遗憾,因为我没有成为冠军。我的梦想,一定要在孩子们身上实现。这些年,我这个念想从来没断,心里的小火苗总在燃烧。"

"当年一起当教练的早就不干了,都嫌累。我呢,把基础班的孩子培养好了,送到重点班,从我手里带出来的有冬奥冠军,有青奥冠军也有世界冠军,全国冠军就更多了。"

在微信里,在电话里,听着赵小兵讲自己的故事,感动得我好多次泪目。于是我在冰场上逢人便问,提到赵小兵,人们都承认:"30多年一直在冰上一线当教练的,就剩下她一个了。"

我到七台河的当天,正是赵小兵出发去北京的日子。我俩没见着面,一直是网上交流,隔空对话,在她去机场的路上,在机场候机大厅,在宾馆,聊了一路。第二天晚上,赵小兵在北京的驻地发来照片。有一张是她的背影,对面是天安门,马尾辫儿长长地甩在脑后,身材苗条像少女,很有诗情画意。还有一张,她在镜头里笑得很开心，一看就是性格开朗，特别有亲和力的人。那张她和儿子儿媳妇的自拍照，我仔细辨认，竟差点儿没分清哪个是婆婆，哪个是儿媳妇。听我这么一说，赵小兵抛出一个眉开眼笑的表情："这话我爱听！"

可是多少年来，人们常常忘记了她是一个女人，甚至连她自己也忽略了这一点。从怀孕到生产，只休了5天时间。数九隆冬的天，从没有耽误过一节训练课。有个小孩把她这个孕妇撞倒了，别人都吓得够呛，她爬起来检查一下，没啥事儿，继续训练。

"后来为什么休了几天呢？快生的时候，腿和脚都肿得不行了，不能动，只能躺着。"

"你这情况，没人给你代课吗？"我有些想不通。

赵小兵想了想，这样回答我——

"如果我休息，我的小孩儿就得放假，就不能练了。别的教练能帮我代课的，但是人家自己还有自己的学生。就算是我帮，也只能在照顾我的队员之余再照顾别的孩子，这是人之常情。我就想，家长对我这么信任，孩子对我这么热爱，那么冷的天，每天我们都在坚持训练，他们心里也有梦想啊。我要是休息，就把他们给耽误了，就是咬着牙也要坚持，不能停。"

"家里人什么意见呢？"我问。

"没人同意我去训练。别人都笑话我说，给你开多少钱啊，你是不是疯了？"

"老公也不乐意。我要是早上起来训练，他就按住我不让我起来，狠狠地说，今天我看你要去的！只有他知道我腿上有伤，只有他知道我有多累。"

"那咋整？做工作呗。"

小兵的话匣子打开了,她说,那时候真冷——

当教练,都要自己浇冰,从孟老师就开始了。我推着一吨重的水车,"咣当咣当"地逛荡。我脚上穿着在旧物市场买的大毡靴,靴子腰一直高到膝盖,平时穿 37 号鞋,就买 41 号的,回来用锤子把硬硬的毡靴头砸软了,里面再垫上三副鞋垫。穿一双正常的袜子,再套一双自己织的厚毛袜。买 1 斤 2 两棉花给自己做一条最厚的棉裤,再把孩子的小棉裤铰开扣在两只膝盖上,后面缝上带子一系。里面是小棉袄,外面套军大衣,整个人是圆的,倒了都扶不起来那种。

小兵继续讲——

我从来都不吃早餐。早上 3 点 50 起床,训练到八点多钟回家,我到家只想一件事,就是躺着。我家是二层楼,住的房间都在楼上。我让老公在楼下给我准备个房间,进屋就能躺着,一步也不想挪。

就在前两年,他真生气了,不让我干了。他说:"你这是干啥啊,你的队员成绩都到头了,你已经功成名就了,你还想上哪儿去啊!你图啥啊?"

我图什么呢?我就是想干我想干的事儿。我就跟他谈:"你要是爱我的话,就以我爱的方式爱我。是,我心里的冠军梦已经实现了。是,我有世界冠军,又有冬奥冠军,可是一批又一批的孩子们,他们也怀揣梦想,他们也想从咱们'冬奥冠军之乡'这个冰场,滑向世界赛场,登上世界冠军的领奖台,为国争光。恰好我还有这个能力,在他们追逐梦想的路上,我还能去参与,我还能帮上他们,这不是我个人的小梦,是个很大的梦。我就是想帮这些孩子们实现梦想。"

为什么教练都走了?有滑冰馆人家也不干了,劳动强度太大了。不骗你,有时候我自己都佩服我自己。十五六年前我就可以不干了,可我不喜欢干别的。你知道吗?为啥我每天筋疲力尽地回家,第二天早上又能满血复活？真的就是这个信念支撑着我。

听着听着，我发现自己已经眼含热泪……

照片里，赵小兵的儿子高大帅气，已经在北京工作并安家了，这次去北京能见到儿子，赵小兵喜上加喜。

儿子上大学的时候，有一次看中央五频道，同学问："你看谁呢？"他说："看我妈妈。"同学才知道他妈妈是赵小兵，还打趣地问："那你咋不会滑冰呢？"

最早，赵小兵是想让儿子学滑冰的，可孩子一到冰场就是各种不想滑，她哪有时间管他呀，就说："你快回家吧！"儿子就"自由"了。

1月16日，赵小兵特意去了儿子家，给两个孩子包了馄饨。

从小到大，儿子基本没吃过妈妈做的早餐，因为从周一到周六，每天的早餐时间妈妈都在训练。训练完她还要回体校看看住宿的孩子。她怕他们不学习，看着他们写作业。回来一看，自己家孩子睡着了。

有一天，赵小兵的小儿子说："妈妈，等我哥哥家有孩子了，你去给他看孩子吧。"

"我能看好吗？"

小儿子一本正经地说："你行。你看孩子，那孩子得老皮实了，三岁就能下地自己冲奶粉喝。"赵小兵说："这是儿子讽刺我呢。"

赵小兵的大儿子比小儿子大四岁。哥哥十一岁就开始给弟弟做饭了。吃方便面吃恶心了，就开始琢磨炒方便面，做各种蔬菜，煮荷包蛋，煎荷包蛋。

前一段时间，凤凰卫视的记者在七台河采访，和快人快语的赵小兵交上了朋友。走之前，把她儿子的微信要了去，说："我们都在北京，以后说不上有什么事儿能帮上忙呢。"他们还问："您能不能来北京看冬奥呢？"说着说着赵小兵真就来了。没想到，埋头走路，也会梦想成真。

"凤凰卫视拍的片子叫《冠军城》，说的都是我们七台河冰上的事儿，要看呦。"我好像看见顽皮的小兵姐在向我眨眼睛。

1月18日中午，我跟韩姐通了电话。她说："这些天，很多记者采访，问我得了冠军高兴不高兴？我高兴。但是，如果你知道他们的付出，你就会觉得这个结果并不意外。说实话，我没那么激动，得冠军是正常的。可是，赵小兵坚持了一辈子，能去北京看奥运会，我真的为她高兴。这个，我激动，真激动。"接着，她慢慢地说出一句话："赵小兵，就是孟老师的化身。"她的声音因激动而发抖。

我愿做微光，照进生命的裂痕

支撑张杰的梦想，就是把自己粉碎、融化，活成一束阳光。她说她喜欢那句话——万物皆有裂痕，那是光照进来的地方。

"张杰，该起床了，上冰训练！"

"张杰，注意起跑，摆臂，往前看！"

"张杰，直道跟住！跟！跟！"

"张杰，顶弧！内道！内道！"

退役后的很多个夜里，恩师孟庆余的声音反复在张杰的梦里出现，每一次醒来她都和丈夫说："我想孟老师了。"

张杰和赵小兵都是孟老师的学生。她比赵小兵小一点儿，1985年，作为七台河市主力队员参加全国少年速滑比赛的时候，刚刚12岁。那是她平生第一次去大城市牡丹江。那时候，没有室内滑冰馆，参赛的孩子都要坐在冰场边上换冰鞋。孟老师心疼啊，就让孩子们在室内把冰鞋换好，他再把孩子们一个一个背上冰场。

就在这场比赛中，小小的张杰一战成名，包揽了少年女子丙组5枚金牌。孟老师激动得当场就哭了。他乐疯了，背起张杰一边在冰场上狂奔，一边大喊大叫："七台河出全国冠军了！七台河出全国冠军了！"

张杰趴在老师背上笑，她们身后还跟着几个小队员，这些矿工的孩子，被人们称为"小煤球"的孩子们，高兴地跟着跑，跟着喊。几十年过去，这个画面深深印在张杰的脑子里，每当讲起，热泪就会涌出眼眶。

张杰，这位七台河短道速滑历史上诸多传奇人物中的第一人、两届世界大冬会女子3000米接力冠军队成员、短道速滑世锦赛中打破世界纪录的女子，是享受过个人最为光辉灿烂的时刻的。她爱滑冰。从幼年有记忆开始，到青春期，再到成为一个成年人，从没有离开过冰场，这里是她永远魂牵梦萦的地方。

2011年3月，张杰和丈夫放弃在日本打拼出来的优越生活，毅然选择回国发展。

2014年5月，张杰和丈夫再次做出一个令人匪夷所思的决定，放弃上海大城市的生活，把家搬回千里之外的故乡七台河。人，从云间回到泥土，心却异常踏实。七台河市大力支持，小女子张杰拉起了一支由残障孩子组成的短道速滑队，利用在国外学习多年的运动康复技能义务执教。

2015年1月6日，张杰成为黑龙江省七台河市特殊教育学校的公益教练。第一堂上冰课，在1800平方米的冰场上，26个残障孩子或趴着，或躺着，或跪着，或呆立，哭泣声、叫嚷声此起彼伏……张杰孤零零站在中间，她蒙了，不知该去照顾谁。然而，不到两年时间，还是这群孩子，张杰将三名队员送进了国家队，备赛第11届世界冬季特殊奥运会。

赛前，唐春雷每训必摔，张杰因人施策，给他设计慢、中、快三种比赛方案，鼓励他只要听教练妈妈的话，比赛就一定不会摔。

从来不关心外界事物的高萌，赛前突然头痛，食欲下降，总是哭鼻子，这是压力大的表现，这也是智障二级孩子所不应该有的正常人的反应。张杰看在眼里，既高兴又担心，高兴的是孩子康复效果明显，担心的是怕影响正常比赛。张杰每天都和她一起吃住，增强孩子的安全感，告诉她只要听教练妈妈的话就一定能拿好成绩，拿世界冠军。

2017年3月21日，在第11届世界冬季奥运会短道速滑111米决赛现场，来自中国七台河的15岁特奥队员高萌全神贯注，她心里只有教练妈妈张杰一个人的声音："稳住，稳住，好，好，再稳一点！"

滑稳、冲线，高萌如一道闪电，以20秒982的成绩勇夺本届特奥会中国首金，实现了七台河特奥冰雪项目金牌零的突破！

随后，唐春雷夺得500米和333米两块金牌。

聂双月在女子333米中勇夺金牌。

这三个孩子狂揽4金2银！

两年后，在第15届夏季特奥会上，张杰的三名队员又斩获3金

1银1铜。

好多人都说张杰长得很美,我亲眼见了本人,也觉得的确如此。她皮肤白皙,面容姣好,眉目含笑。而此刻,我看见的她面色憔悴,声音沙哑。也有很多人告诉我,她整天跟孩子们喊着说话,她的嗓子很少是好的。我忽然意识到,这位美女已经跨进50岁了。

"给我掐一下脉搏呗,平时都是我给你们掐。来来来。"张杰"黏黏糊糊"地跟面前比自己高出一头多的大孩子"讨好"着,小伙子腼腆地笑着,想了想,又不好意思地摆手。

张杰又问另一个:"阿民,平时掐几秒?"

"10秒。"

"来,鼓掌,阿民说对了!"几个孩子歪头歪脑地鼓掌。

"韩宝贝说平时掐几秒?"

"韩宝贝"挠了挠自己的光脑门,咧开大嘴一笑:"我忘了!"

看了这一幕,我觉得张杰不像是一个严苛的教练,更像一个慈祥的妈妈。

这支队伍太特殊了,最初的26个孩子中,有4个是唐氏综合征,有1个是孤独症、有5人是听觉障碍,还有多动症、精神障碍、行为障碍、智力低下。这是常人难以想象的,一个普通家庭"摊"上一个都是不堪重负,而张杰,张开怀抱搂住了26个!

她像当年孟老师带自己一样,一丝不苟地带着这群特殊的孩子们。教他们系鞋带、跑步、压腿、转体,每个动作都亲自示范,不厌其烦地教上几十遍甚至上百遍。虽然是残障孩子,但她完全按照国家队的标准要求自己,写训练笔记,制订训练计划。

为了和不同的孩子交流，张杰学会了手语和唇语，并且每次训练，她都要精心打扮，画上很夸张的舞台妆，黏着忽闪忽闪的眼睫毛，涂着亮晶晶的眼影，她大大方方地带着孩子们去外面吃饭，有人侧目、有人纳闷、有人私下议论：一个"疯女人"，领着一群"傻"孩子。他们哪里知道，这是她研究的特殊教学手段，把自己打扮得美美的，是为了吸引孩子们的注意力，好让他们能用心听见她的召唤。

她给每个孩子都起了可爱的昵称，"大唐""小豆包""萌萌哒"，就连不听话时亲奶奶都忍不住要"捣打"几下的孩子，在张杰眼中也是"韩宝贝"。

张杰自己花钱给他们买好吃的，买生日礼物。有个叫"小一"的孤独症孩子，每年过生日都会收到张杰送的玩具车。终于有一天，"小一"开口叫她一声"教练妈妈"，给了她平生第一个拥抱。张杰感动得泪流满面。

"大宝"看见张杰手背埋着输液针头，着急地问："教练妈妈，你怎么了？"

"丫头"拿了个香瓜对张杰说："妈妈快吃，你不吃，我就不和你好了。"

张杰每次发出小食品，回家后都发现自己包里也有一份。她悄悄观察，原来"大唐"每次都把发给他的那份偷偷塞进教练的包里，有时还把自己带的好吃的塞进教练的包里。张杰感动的心都要融化了，她心疼啊，这个家庭非常困难的孩子，是怎么抵抗住美食的诱惑的？

爱是最神奇的康复良药。学了3个多月还系不好鞋带的"大唐"，现在已经能帮教练辅导其他小队员了；刚开始穿上冰刀和滑板都站不住的孩子，1年半后陆续能自如滑行了。

有个孩子十八岁，原来只会在队伍的后面跟着，从来不会赶上去。张杰做了很多次努力，都没有效果。有一天，她把他叫过来："你看教练妈妈嗓子都哑了，你心疼不心疼我啊？"

孩子想了想，大声说："心疼！"就过来拥抱了她。

开始滑了，下一刻，她紧张地盯着孩子，她自己也不知道孩子能不能把动作完成下来，忽然，她惊喜地发现，孩子已经按照她的指令做到位了！此刻的张杰，感到一股巨大的幸福涌上心头，直冲得她鼻子发酸、嗓子发热，热泪直流。她激动得边喊边哭、边哭边喊："琳琳，把手臂摆起来，超过去！超过去！"

"好！好！"

"不要垫步，不要垫步！"

"好！好！"

"下了刀之后，支撑住自己！稳住！别害怕！"

孩子成功了，傻笑地看着他的教练妈妈哭成了泪人。

"当他知道去心疼一个人的时候，他就想让你快乐，他真的就去做了。所以，爱和陪伴，对孩子们康复太重要了。"说着说着，张杰的眼圈又红了。

自从接触这群特殊的孩子，张杰就开始坚持记训练笔记，每日一篇，网上公布了1600多篇，实际上远远不止这些。那上面，记录着她陪伴孩子的每一次成长，哪怕是一点点微不足道的进步。日记里没有记下来的还有每次训练她给孩子们重复数十次的拥抱。在这个特殊的大家庭，每时每刻都洋溢流淌着的一种东西，那就是爱。

老天是公平的，为这群特殊的天使打开了认识世界的一扇门，找出了自己的潜能，张杰的"宝贝们"有人考上了七台河职业技师学院，有人参加工作当了快递员，在张杰心中，比冠军更重要的是让孩子们康复起来，正常融入社会。

速滑馆里，张杰日复一日地忙碌着，一身白衣，一顶黑帽子，一双黑鞋，金色的长发，黑色的眼线，甜甜的笑容。她永远都在扯着嗓子跟孩子喊着。

她说，原来的自己，也有个人的小虚荣，也渴望自己站上领奖台的荣耀，自从遇到这些孩子以后，原来的那些想法忽然就显得微不足道了。她从帮助别人的事业中深深感受到一种巨大的幸福。每天很累，很辛苦，但是充实而快乐。她现在最大的心愿，就是将来等自己老了，或者离开的那一天，他们能独立生活。冰场上，张杰的目光看着孩子们，那就是她希望的远方。

与她告别，在回宾馆的路上，我的脑海里总是萦绕着张杰一直念念不忘那句"万物皆有裂痕，那是光照进来的地方"。这世上的事物，大多数并不完美，都会有这样那样的瑕疵，正是这部分残缺，太需要有阳光照进来，让人看见希望。而张杰，这位2018年全国五一劳动奖章获得者、全国三八红旗手、全国道德模范提名奖获得者，2017年、2018年两次"感动龙江"人物，就是把自己融化，化作一束阳光的人。

顶着月亮"飞"

每天早上出发去训练的时候，小小的闫恩齐总能看见头上的月亮，没有月亮的时候会有星星，或许什么都没有看见，但是他知道那些光亮都在，只是暂时躲起来了，只要他坚持，不怕黑，不怕远，就能再遇见。

我站在滑冰馆的看台上，冰场中间是一群英姿飒爽的"红头盔"，他们整齐列队，口号嘹亮，很快又散开，像飞鸟展翅翱翔。人群中有个小男孩叫闫恩齐，他刚刚8岁半，别看年纪小，已经是有3年"冰龄"的老队员了。

小闫同学的偶像是王濛姐姐。2013年3月，王濛在世锦赛上夺冠，3个月后，他出生了。

2013年12月，闫恩齐已经是6个月的婴儿了。七台河的滑冰人盼来了振奋人心的好消息，人们奔走相告，这里有了历史上第一个室内滑冰场，一座供冰雪健儿训练的场馆——七台河市体育中心综合体育馆。

"自己家有冰了！"赵小兵带着孩子们入馆训练。张杰夫妻筹划回家乡发展。更多的市民把孩子送来学滑冰。

2018年，小闫同学5岁半了，爸爸妈妈第一次带他来冰场，他也想试试。教练摸摸他的头，个子只有1米高。太小了。第二年，他6周岁了，他心里还装着"滑冰"这个念想，又来了。经过测试，赵小兵教练收下了他。

要想滑冰，就得起早。赵教练的上课时间是每天早上5点。第一天，挺兴奋，4点10分，闹铃一响就起来了。第二天，不那么顺利了，妈妈叫他起床时，小孩儿在温暖的被窝里揉着眼睛，带着哭腔。等到第三天，就完全没有起床困难症了，生物钟调过来了，并且一站到冰上，就什么问题都没有了！

闫恩齐太喜欢滑冰了，他觉得那是一种人在地上无法体会到的飞翔。一滑起来，人就像长出翅膀，自己要是能滑得再快一点儿，再好一点儿，再远一点儿，那该多好啊！他感冒了，累了，受伤了，蹲在地上直打蔫儿，没关系，只要把刀套一摘，往冰上一站，那精神立马就回来了，像换了一个人。

他最爱看王濛比赛的视频，这姐姐太帅了！她怎么滑得那么好哇！在温哥华，你不是判我犯规吗？等到第二场的时候，我超过你，我两边都没人，看你判谁犯规去，都不给你机会！这是什么？这是实力。实力不是说出来的，是练出来的。

滑得不好的时候，小孩儿会烦恼。早上刷牙，琢磨动作，在早餐店等饭的空档，苦思冥想，把着一把椅子又蹬腿又弯腰，这么滑，那么滑，怎么滑呢？他盼着明天早点儿上冰，好把问题解决掉。要记住动作要领，要加速，要超越。好吃的、漂亮玩具、热乎被窝，什么都可以不要，但是冰不能不滑。

他才上一年级，很多字还不会写，用拼音加汉字记训练日记。"今天，冰上来了两位姐姐，他们都是世界冠军，他们都是教练的学生。我滑了弯道，她们夸我滑得好。我也要向她们学习，努力拼搏。"那是2021年4月15日，正训练的时候，国家队的范可新和徐爱丽来看他们了。在赵教练鼓励下，在冰上临时拉个小圈圈，闫恩齐表演了"弯道"。一圈又一圈，滑得流畅，停得也稳。范可新姐姐拍拍他，夸奖说："这基本功练得不错啊！"他美滋滋的。

"我是一名滑冰运动员，每天4点起床，5点上冰，妈妈说，吃得苦中苦，方为人上人。所以，我要努力训练，实现我的冠军梦。"

"今天，我和小潘跑得非常好。我还扣她一圈。我们出了很多汗水。我和小潘去做训练，虽然教练不在家，可是我们依然会努力训练。"

"今天，我们滑了40圈，只有我和我的3个朋友滑了下来。剩下的人都被我们扣圈了。他们都被打了。我不开心，因为他们很疼。希望他们会努力训练，不被教练打。"

这样的训练日记，闫恩齐写了一篇又一篇。赵小兵说："就是那篇日记，把我感动坏了。我以为他前面说他快，别人都没跟上，他会很开心。结果他话锋一转，不是像我想象的那样。所以，我给他的评语说，'亲爱的宝贝，你的自律性和认真拼搏的态度无人能及，优秀的你未来一定能成为祖国的荣耀，加油宝贝！'"

"你咋打呀？"我好奇地问小兵。

小兵乐了："有个小塑料棍儿，能真打吗。后面几个孩子，一累了就放松了，没有往前拼，本来可以跟上的，但是没有跟上。着急啊。"

小闫同学的妈妈告诉我，有一天，儿子哭了。写日记看教练评语看哭的。先是哽咽，妈妈问："这是咋的了？"没想到哭得更厉害了，把小脑袋埋在臂弯里抽搭，眼泪打湿了日记本。这是一个有了梦想，懂得拼搏，初尝人间感动的8岁半的小男孩的眼泪。他觉得教练真好，教他滑冰，教他做人，爱他，懂他，可他哪里知道，对于这位年纪比自己姥姥奶奶只小一点点儿，写评语比他们的日记还长的教练来说，这是她30多年的常态呀。

每天早上出发去训练的时候，小闫同学总能看见头上的月亮，有时候看不见月亮，或者是星星，或者是什么也没有。他说："妈妈，我知道什么是披星戴月了。"

2021年夏天，小闫同学"升级"了。他和另外3个好朋友从赵教练的启蒙基础班升到李教练的重点班了。在别的同龄人还在被一群家长"呵护"的时候，小男子汉已经开始住校独立生活了。他每天自己洗袜子，换内衣，铺床，叠被子，一切做得有板有眼。

第一天报到家长们还不放心，就跟着去看。他们发现，那天的午餐有12道菜，虾、排骨、青菜，样样俱全。恩齐妈妈把壮观的餐桌录下来，发了一条朋友圈，她发自内心地写道："我们小闫同学8岁就开始吃国家饭了！多幸运，我爱我的国家……"我点开这条小视频，传来《我爱你中国》的歌声，我听到了这个时代每个中国人的心声。

上了重点班，离开了赵教练的怀抱，"队长"也卸任了，原来的优越感没了。有一次溜号，还被李教练给训了。小孩儿小脖子一梗，犟劲儿上来，站在冰场上一动不动。妈妈一气之下，把儿子拉回家"收拾"了一顿："起大早陪你来，是为了让你站着不动的吗？"但家长的"棍棒"并不好使，没过几天又犯老毛病，又在冰上拧巴着。李教练把家长请出冰场，要求把孩子交给自己全权"处理"……再以后，小孩儿无论是生着气，还是流着眼泪，但脚下是绝对不会停止向前滑的。恩齐妈妈说："这才是真正的永不止步。"

我听说前一段时间，七台河市搞了一个"助力冬奥"1000米比赛，闫恩齐为中队拿了个第三名。恩齐妈妈却摆摆手说："整个比赛共27枚奖牌，我们体校重点班拿了23块。小孩儿的成绩可以不用提，只是贡献了一块铜牌。"

每天都起早，零旷课，零事假，3年都是满勤。妈妈发现儿子变了。原来那个内向、胆小、不自信、接受不了挫折的儿子不见了，现在这个少年，开朗、阳光、自信。她说："我也不知道未来是什么样，我只知道，眼前这件事把我儿子改变了。"

"大钟",回荡时代的"风声"

"冠军馆"是2019年诞生的,因其上面有时钟,被市民称为"大钟"。之前,"大钟"还有一个名字叫作城市观光塔,2011年破土动工,2013年向市民开放。坐上观光电梯可以直通8楼顶层,小城风光尽收眼底。任凤丽在这座建筑还只是个"空堂"的时候就来了,像"大钟"一样,从头到尾看见了时间轨迹,于是,她每天兴致勃勃地向人们播报着城市变迁中的冰上故事。

"师傅,我去冠军馆。"

"哦,知道。您说的是'大钟'吧!上面有个大钟叫钟塔,那是我们七台河的标志性建筑。"出租车司机说。

"那您进去过吗?"

"去过的,我儿子也去过,学校组织过,前年开始免费开放,很多老百姓都去过!有冠军的金牌,有杨洋和王濛她们的照片。对了,我记得最深的是训练穿旧的破破烂烂的冰鞋。当冠军不容易。"师傅的话透着主人翁的骄傲。

车子拐了一个小弯,不紧不慢地向北匀速行驶,山湖路笔直,偶尔要加加油爬上慢坡,远山延绵黑黑白白,两旁的大树光秃秃地,忠实地护着干净的街道。

"看,前面就是了!"

"大钟"到了。那是一座拔地而起的方柱形建筑,耸立在这条山湖路的起点上,后身是延绵的矮山,左边是已冻成"一块冰"的桃山湖水,右边是小巧安静的湖滨广场。顶端镶嵌着硕大的时钟。

车子向前行进,老远看去,钟塔小小的、细细的,随着距离越来越近，它开始变高、变大，直到需要仰头才能看全的时候，就到了。塔身是红色大理石，而且时钟不止一个，是四面都有，360°向整座小城报告时间。

下车了。"短道速滑冠军馆"几个遒劲有力的大字扑面而来。

一位中年女士为我开门，带我参观。我们一层楼一层楼地上，"金牌榜""荣誉墙""冠军路""冰之梦"，一个板块一个板块地走，看着，问着，聊着，她说话的声音不高，娓娓道来，不是死记硬背讲稿，而是对故事烂熟于心，有自己的见解，我们越聊越投机。忽然，我意识到这个人肯定不是一般的讲解员，才想起来问一句："您是？"

"我是这里的馆长任凤丽。"她微微一笑。

刚上班那会儿，领导问会不会滑冰，任凤丽响亮地回答："滑冰、旱冰都会！"小姑娘心里想，这要是说不会，还挺丢人呢！1994年，任凤丽在齐齐哈尔上大学的时候学会了滑冰。她记得，齐齐哈尔能生产冰刀，他们的短道速滑挺厉害。

我和任馆长在一楼监控室的值班房里闲聊，我问："为啥刚才来采访的中央17台记者问起黑龙冰刀？"

"黑龙冰刀是比较专业的赛事的冰刀，是咱们黑龙江产的。"

"到这个馆工作后，有时候我也看看冰刀，看人家黑龙冰刀可真好啊，又看王濛现在比赛的冰刀，都价值十万。既软和又结实还好看，跟以前的冰刀比，不知要好过多少倍。我们小时候哪见过这个啊。"

"我听范可新说过，她在七台河练的时候，用的是普通冰刀，等滑出成绩了，要上省队就得换冰刀。那时候，一副冰刀一千多块。范可新说，那她就不能去了。因为那是她家里一年的生活费。后来，是孟教练给她买的,也没要她的钱。说到这些,她就哭得不行了。"

七台河老百姓中间,流传着王濛父亲的故事:"说这老王啊,为了培养女儿,那可舍得下血本了!咋的呢?说当时老王给王濛买了一套连体衣,那东西挺贵的,把小伙伴羡慕得不行,说你看,人家带着拉锁就脱下来了。别人穿的衣服出汗又多,不透气,很难脱。"

冠军馆来过很多冠军。留下很多故事,任凤丽都用心记着,再把故事讲出去——

"你看上面杨扬那层展厅,她有个连体衣是天蓝色的,那膝盖上还有护膝啥的。蓝色的,最后都变成了白色的,你想想,她得出多少汗啊!那连身服才穿了多长时间啊,就变成了这样。"

我们边看边交流着,在一张七台河市体育中心综合体育馆的照片前停了下来。2006年孟庆余教练去世的时候,条件还不太好,那时候杨扬已经得了冠军,短道速滑项目越来越被国家重视了,一切正往好里发展。任凤丽说:"这馆是在孟教练去世六七年后建成投用,建设用了好几年时间。我特意去过施工现场,看见都是台阶、水泥,就想可算有室内滑冰场了,什么时候能建成呢?心里一直盼着。"

任凤丽又介绍道:"我们七台河不是'三山两湖一条河'嘛,夏天是水,冬天就是冰,前几年,一到冬天,就能看见张杰教练领着孩子们在万宝湖滑冰,夏天,在门口这广场上滑轮滑,就能听见张杰教练授课的指令。"

任凤丽兴致勃勃地说起自己的滑冰——

"我们那时候,没有老师教,自己把着凳子滑,摔倒了爬起来继续滑,不知不觉就会滑了。七台河还有个滑雪场,看人家从山上'刷'地下来,真快啊,我也去试试。结果,不听人家劝告,非要往高处上，根本刹不住，雪杖也丢了，把后面的人也绊倒了，眼镜片上都是雪，下来了还是不甘心，又再上。"

其实，任凤丽一毕业就开始搞园林绿化，审批临时占地伐树，跟体育没什么关系。连她自己都没有想到，当年从2013年建馆的"暂时代管"，到后来正式跨界入了"文旅"的门。

"有这个馆，就有我！"

"那时候，塔尖上有个亮化施工。工人在上面干活，不知道啥情况，我不放心，就想上去看看。我壮着胆子，从8楼的悬梯爬上去，悬梯30多米高，我腿直发抖，最后要从出口出来，我这两个胳膊要架上，撑住，真是没劲儿啊，老半天啊，才上去！一上去，施工人员很惊讶，这个塔尖啊，爬上来的第一个女的，就是我！"

下来的时候，走中间的铁梯子，晃晃悠悠，黑洞洞的。我照了个相，录了个像，给领导看，我们领导惊呆了："啊，你上去了？！"

于是，任凤丽从搞绿化审批，变成了搞旅游接待。"大钟"的职能从城市"观光塔"变成了"冠军馆""爱国主义教育基地"，变成了"全省十大旅游景点"之一。

"最开始，都出笑话了。"

"领导来了，来客人了。不得上楼梯走吗，我呢，自己在前面'咔咔'地走。其实，标准动作应该是跟领导并排并且要侧身，不能走在前面给人一个后身看。我还不知道给领导开门，自己一开门就过去了，'啪嚓'一声，门就把领导肩膀给打了。"任凤丽想起上任之初的狼狈，捂嘴乐了起来。

她还记得，那年2月13日，马上要过年了。领导领着任凤丽去哈尔滨龙塔学习，学怎么接待，怎么管理。晚上回家打开电视，她专门找"旅游""导游"节目看。上班时想,睡觉之前想,想的都是馆里的事儿。她想明白了,这个"劲儿"不是跟那些滑冰教练员一样吗?

任凤丽知道我从大庆来,马上兴奋起来:"我特别喜欢大庆。我大学一位女同学的爸爸,就是在大庆开'磕头机'打油的。我知道大庆有个让胡路,有个东风新村,还有大庆市五十中学。我上学时常跟大庆的同学回家,吃好吃的,逛百货大楼,印象最深的就是音乐喷泉,那水喷得又高又有灯光。那时候,我们七台河没有这些。"

"还记得,大庆的公园有一个五色草栽成的孔雀,草是红色的、绿色的、黄色的,修剪得特别平,我们在'孔雀'前面照相。谁能想到,等我在七台河工作了,搞园林绿化,真就做过一模一样的孔雀,用的就是好看的五色草。后来,我们也有了转盘道。说缘分好像是俗气,可是这世上,真有个磁场,美好的东西相互吸引。"

任凤丽说起自己1998年上班的时候,这个桃山公园刚开始建设,就是一个环山路,仙洞山就是这个公园,也没什么。2001年东广场就建起来了,环山路变成了红色路面、塑胶跑道。后来,"9388"工程轰轰烈烈搞起来了,先是"打造山水园林城市",后来又建设"国家园林城市"。

市里就给我们开协调会,咱们一个煤城要是能建成山水园林城市,咱们的生活环境就好了。我们心里就嘀咕:哎呀妈呀,还山水园林城市,这咋打造啊?到处都是灰。那时候,多少半径就进公园,多少半径进小广场,城市绿化覆盖率要提高,工作有很多具体目标。我们一想也对。你看,这边就是水库,还有倭肯河,还有万宝湖,那不就是"城在山水中"吗,然后就开始打造!

我们还栽荷花呢!从外地引进的花种,当年引进,第二年就开。

那开的，真是像人家诗里说的"接天莲叶无穷碧，映日荷花别样红"，我站在那儿，在七台河，能看见那么大一片荷花，老百姓在家门口就能看见荷花了！

"我不是来得早吗？专家来验收，我就给他介绍这个城市，这条街主要绿化什么，这个公园是哪年建的，这山多高啊，环山路多长啊。领导说，虽然有点儿讲跑题了，不过讲得挺好，园林和文旅不分家。""扑哧"一声，任凤丽露出灿烂的笑容。

她说，后来越干越有劲儿，又申报国家园林城市。当时有海林、伊春，人家绿化已经很多了。七台河就要对上争取"硬覆盖"。又"累"了好几年，成功了。真的"城在山水中，山水嵌城中"了，晚上下班，夏天"转转山"，冬天滑滑雪、滑滑冰。

向着太阳追

广袤的龙江黑土，三江平原的倭肯河畔，每天都有太阳升起，照耀着秀美的山川。七台河市体育中心综合体育馆宽敞的广场上，天空蔚蓝，红旗高扬。冠军馆时代"大钟"的指针一圈又一圈走过春夏秋冬，以天空之眼俯瞰这座美丽的小城，那些迷人的风驰电掣，那些融入血液的冰上之魂，催生无数孩子的冠军梦想，正因为他们的前方有光——

2002年2月16日，在美国盐湖城。中国选手杨扬，冬奥会短道速滑女子500米决赛，勇夺金牌，实现零的突破，创造了激动人心的中国时刻。在都灵，在温哥华，王濛收获两届冬奥会上的4枚金牌，成为中国在冬奥会历史上首个"三冠王"，让世界短道速滑为之震撼。在温哥华，孙琳琳斩获冬奥会女子3000米接力赛冠军。在一个又一个地方，一个又一个短道速滑名将传来有关金牌的喜讯。这些世界冠军都有一个共同的故乡——七台河。

如今，滑冰馆门口，又多了两块金闪闪的牌子，"国家重点高水平体育后备人才基地""国家短道速滑七台河体育训练基地"，这足以使这里成为举世公认的短道速滑圣地。光荣与梦想的背后，是省市的鼎力支持，是新时代中国体育事业的创新发展，有短道速滑之父孟庆余的开疆破土，有一代又一代张杰、赵小兵们的默默耕耘，有一茬茬运动小将们的奋楫笃行。

教练们告诉我说，"全国体育事业突出贡献奖"的光荣已经"翻篇儿"了，现在的热点是"中国杯短道速滑精英联赛""中国青少年短道速滑国际邀请赛"这些专业赛事的承办，速度滑冰，花样滑冰，冰球，单板滑雪，会有更多好戏连台。

还有，跟孟教练那个年代比，现在大人孩子都享福了。市里给了一大部分支持，为了体育发展给了不少投资，创造了很多优越条件。孩子食堂像样了，宿舍像样了，健身器材也像样了，全都给改善了，一切都在变好的路上。

采访快要结束的时候，我在门口遇上一个人，他叫范大鹏，在速滑馆开浇冰车，这三年的大赛都是他浇的冰。本来跟体育不沾边儿，可是自从干上这个工作，整天耳濡目染，成了体育迷，跟张利增、李国峰、姚忠宇几位年轻教练在一起，平时聊的都是训练、制冰和滑冰。

大鹏说——

有一次，我在大连工作的哥跟我说起邓亚萍。萨马兰奇每次来中国都是她陪同。我当时就不理解，一个老外老头，打乒乓球的，为什么来到中国，就得邓亚萍陪呢？我就琢磨，上网搜邓亚萍事迹，这才知道她退役以后自学六国语言。那么大岁数了，能把外语学得那么好的人，太少了。邓亚萍到清华上学，从零开始，成宿叽里咕噜背单词，跟人家一等一的高才生在一起。她自己说，学习付出的时间比训练的时间还多。无论练什么项目，体育精神是一样的，咱们不练体育的，要是都用冠军的这种精神去干工作，拿出30%就够用。

一开始，领导叫我开冰车，我就琢磨，没事儿就上网搜，看人家浇冰的视频。2018年末那次七台河的邀请赛，一共三天，我是头一回给比赛浇冰。那冰面的光洁度、速度、温度，要求很多很多。人家都冷，我热，紧张了三天，出了三天汗。比赛全程下来只有5分钟，我这一圈浇错了，再重新来一圈？没有那个时间，必须一圈压一圈，一定要浇得相当地好，速度还得一样，时间还得掐得准。工作不是我一个人忙，后面还有制冷的，运转的，每次浇出一场特别精美的冰，后面至少还有3~4个人，都得配合上，天时地利人和，才能干出好活儿。

2019年下半年，馆里来了一台新车。陈局长把这台新车交给我了，我得好好"伺候"着，要像"伺候"我姑娘一样精心。你想啊，这可是一百来万的宝贝车啊，我必须好好"伺候"。

张利增教练他们都会浇，他们告诉我这个怎么浇，那个怎么浇，我就虚心听着，按照他们说的去试。我试好了不就得着经验了吗。有外地来的教练，人家告诉我的经验，我就牢牢记住。接触这行时间短，我抓紧学，把冰场浇得更专业，这是我的梦想。

尾声

其实，每个人脚下都有一块自己的"冰"，可以直通远方。那些你熬夜刻苦训练的日子，那些你觉得太累不想站起来，却又依然支撑自己的"能量场"，那些披星戴月，无论多疲惫都还在坚持的时候，就是梦想的力量。

在七台河采访，我没有见到杨扬，没有见到王濛，没有见到范可新、孙琳琳，此时的他们，正在各自的位置上，为即将开始的北京冬奥会做着最后的冲刺。在他们的家乡，到处都流传着冠军的故事，在冠军馆的展厅，在速滑馆的冰场上，在大街小巷，很多人讲起冠军们小时候的作文、书包、冰鞋、小物件，那些汗水浸泡得发白的运动服、用旧了的冰鞋，都焕发着奋斗的光芒。

这些天，因为赵小兵教练，我知道了重点班、省青年队，认识了男孩闫恩齐和女孩侯佳彤、张艺涵，因为张杰教练、董延海教练，我知道了职业学院队，认识了特奥班的一个个"小东西"，他们给我看和偶像杨扬姐姐、王濛姐姐的合影，"秀"冠军们赠送的日记本。家长们在电话里，滔滔不绝地给我讲冰上故事，一口气说上55分钟还意犹未尽。他们告诉我，"坚持""专注""迎难而上"对于一个孩子的成长有多么重要。他们还告诉我，自己的孩子跟54岁的赵教练和50岁的张杰教练、董延海教练有多亲，26岁的李国峰教练上冰有多严厉，下了冰人又有多好！

于是，我从一个人认识了一家人，从一家人认识了几家人，从一个小团队遥望到了一个大队伍。那些怀揣梦想的小小身影，那些咬牙坚持的普通家庭，那些默默奉献、甘为人梯的教练员。一座速滑馆，一座冠军馆，一座边陲小城，越来越多冒着"热气"、沁着热泪、怀着热望的故事向我展开，使我在采访和写作的每一天，都心潮澎湃，热泪上涌。

翻开厚厚的采访笔记，我再次点开一位运动员家长发的抖音："那些你熬夜刻苦训练的日子，那些你觉得太累不想站起来却又依然支撑住自己的日子，那些披星戴月无论多疲惫都还在坚持的时候，那就是梦想的力量。"

有一天晚上，我问赵小兵，当年一起训练的队友现在都在做什么，她说基本上都没有从事体育工作，甚至有的人一直都没有正式工作。我陷入沉思，说到底，搞体育能一直坚持的、能登上金字塔尖的，都是极其不易的，这是现实。可是这世上，多少人都是茫然走过，活得无可奈何，能遇上自己愿意为之付诸深情的一件事情又是多么幸运，尽管那个梦想看似远在天边，遥不可及。我看见，边陲小城，园林美丽，桃山路脚下，"大钟"的脚步强劲有力，永不停息。

冰场上，好看的流线型的红色帽盔下，是一双双纯净的眼睛。连体衣单薄算什么，鞋子单薄算什么，每天上冰好几个小时算什么，苦累伤病算什么，追梦就是滑冰，滑起来本身就是一份美好的生活。

晚上，董延海教练转来一段视频，那是去年秋天的杨扬，是神采飞扬的杨扬，是全国青联副主席、全国政协委员、政协教科卫体委员会委员，北京冬奥会和冬残奥会运动员委员会主席，世界反兴奋剂机构副主席，从七台河"飞"出来的杨扬。她正神清气爽地骑着一辆单车，后面追上来一辆红色小单车并很快超过去，骑手是她的小儿子。母子俩在一曲《我爱你中国》的旋律中你追我赶着。

我看见，道路宽阔，国旗鲜艳，杨扬的微笑，还有洒满一路的金色阳光。

我听见，"我爱你中国，我爱你中国，我爱你春天蓬勃的秧苗，我爱你秋日金黄的硕果，我爱你青松气质，我爱你红梅品格，我爱你家乡的甜蔗，好像乳汁滋润我的心窝，我爱你中国，我爱你中国，我要把最美的歌儿献给你，我的母亲，我的祖国……"

我看得入迷，听得入神，忍不住跟着一起在心里哼唱，哼着哼着，仿佛也听见了闫恩齐入队第一天妈妈拍的壮观午餐视频，也是这动人的旋律，大江南北的声音汇成同一个声音，共唱同一首歌。

此刻，一把北京冬奥会火炬从省城哈尔滨的松花江畔，传到了大庆市的黎明湖，又传到了齐齐哈尔的劳动湖。

此刻，七台河马场冰雪谷开门迎客。

此刻，黑龙江省"世界雪日"活动在亚布力举行。

此刻，七台河体育局正在以饱满的成果——迎接"国家重点高水平体育后备人才基地"验收。

此刻，赵小兵爱人李岩研制的浇冰车，已开往四面八方，在北京国家残疾人冰上训练比赛中心，在河北省张家口经开区体育局冰之梦滑冰馆，在黑龙江省牡丹江市体育局滑冰馆，在黑龙江省七台河市体育局滑冰馆，在北京市延庆区梦起源滑冰馆，在四川省成都融创滑冰馆，在山东省淄博桓台县滑冰馆，浇出一块一块"冰"，这些"冰"，有专业的，有商业的，这意味着有更多的人可以上冰了。

此刻，孟庆余老师培养出的学生正在七台河、黑龙江省各市县、南方各地的"冰"上奔忙。

此刻，《中国冰雪旅游发展报告（2022）》向国人报告——中国冰雪休闲旅游人数从2016—2017年冰雪季的1.7亿人次，增加至2020—2021年冰雪季的2.54亿人次。预计2021—2022年冰雪季，中国冰雪休闲旅游人数将达到3.05亿人次，中国冰雪休闲旅游收入有望达到3233亿元人民币。

此刻，在省城哈尔滨、在油城大庆、在鹤城齐齐哈尔，在北京、延庆、张家口，在更多的地方，都有这样一块承载梦想的"冰"，在苦苦坚持的寂寞中，在万众同行的热闹里，在五环旗帜飘扬的长城脚下，属于中国、属于奥林匹克的冰雪故事，将更为崭新，更加精彩。

此刻，全中国的人都守着央视一套黄金档追热播剧《超越》，我们仿佛看见了熟悉的孟庆余、赵小兵、张杰、杨扬、王濛，也看见了闫恩齐、任凤丽、范大鹏、赵壮志……中国人，正以信念的"红"、冰雪的"白"、干事的"金"，让"三亿人上冰雪"变为现实。

1月15日上午，在综合比赛馆的冰场上，我有幸遇见了七台河市委书记王文力，他饶有兴致地穿上了冰刀，在教练员陪同下，走上冰面体验短道速滑项目，与小队员们一起上训练课，亲切交流，热情鼓励，冰上飞驰的身影，化作一道道"相约冰上，助力冬奥"的美丽飞虹。

定稿前，我又看了一遍那天赵壮志发来的一条新闻，标题是《龙江短道速滑名将范可新获得北京冬奥参赛资格》。又与七台河市委宣传部韩冰核对了到目前为止最准确的信息："七台河先后培养出杨扬、王濛、孙琳琳、范可新、张杰、刘秋宏、王伟、孟晓雪、李红爽、于威等10位冬奥冠军和世界冠军。16次打破世界纪录。获得世界级金牌176枚、国家级金牌535枚。特奥会金牌7枚。"北京冬奥会开幕式倒计时进入个位数，全要素全流程彩排开始举行，无数人坚信，这个数据很快又要更新了。

我给壮志留言："谢谢你们这三天无微不至的帮助和款待，我深感宾至如归。我喜欢七台河，我爱这冰上神奇的远方！"

赵小兵的"月亮"

随着央视开年大剧《超越》的热播，国人更多地了解了几代中国短道速滑人"超越自我，为国争光"的奋斗历程，在黑龙江省七台河市，流传着一个又一个这样的"超越"故事，在这个被誉为"短道冠军之乡、世界冠军摇篮"的边陲小城，先后培养出了杨扬、王濛、孙琳琳、范可新、张杰、刘秋宏、王伟、孟晓雪、李红爽、于威等10位冬奥冠军和世界冠军。传奇离不开冠军城市奠基人，七台河短道速滑项目开拓者孟庆余和历代教练呕心沥血的奋斗，其中就有七台河市少儿短道速滑业余体校副校长、短道速滑女教练赵小兵几十年坚守初心"冰上"执教的感人故事。

2022年1月5日这一天，作为滑冰教练赵小兵无数个平常又忙碌的日子之一，马上就要过去了，就在晚上9点钟，一个电话让她成为这个世界上最幸福的人。

"小兵，填个表。抓紧！急！"放下电话，她有点懵，她的心怦怦跳，这是真的吗？不会是在做梦吧？她又向领导求证："您确定，要让我去北京，给冬奥会当助威团？七台河只有一个名额，给我了？"回答是毫不犹豫地肯定："5分钟前，我刚接到省里通知，领导研究决定这个宝贵的名额给你，祝贺你！这是真的，你担得起这份光荣，我们都为你高兴，抓紧准备吧！"

那一刻，惊喜使她眩晕。她要第一时间把这个好消息告诉自己的爱人，1秒都不想耽误。"老婆，太好了！这是国家给你的最高荣誉！""如果去，过年就不能在家了……"结婚这么多年，从来没有分开过太久，她担心爱人不高兴。"我支持你，这件事比过年重要多了！"她心里软软的，鼻子一酸，突然，眼圈就红了。

边陲小城沉沉睡去，一轮细细弯弯的上蛾眉月爬上来，贴心地陪伴着54岁女教练的无眠之夜。他们是老熟人了，39年里，是数以万计的月亮把她看老了。她可没觉得自己老，自从爱上滑冰的那天起她就"冻龄"了，成了永远"长"在冰上的小姑娘。无论一路上遇见什么，她都喜欢那个从15岁滑到22岁的运动员"赵小兵"，更喜欢现在这个从22岁忙过来的"赵教练"。她就是靠"喜欢"活着，谁也拿她没办法。

她不觉得这有什么难为情啊，就像每天把自己打扮得精精神神去见她的"小孩儿们"一样，自信满满。她的头发长长的，有时候挽成高高的发髻，有时候扎成一条活泼的马尾，有时候是两条俏皮的长辫子，有时候像瀑布披了一肩。她的眼睛弯弯的，像笑眯眯的月亮。她的声音暖暖的，让人舒服。

短道速滑教练员赵小兵和孩子们

她知道她的"小孩儿们"喜欢她，她也爱他们。小女孩儿侯佳彤一天看不见就想教练想得直哭，她也时刻想着他们。他们听她的话，也信她的话，觉得她会的可真多，她的手真温暖，她就是妈妈！虽然她的年纪都快成他们的姥姥奶奶了，但也是妈妈，因为妈妈是这个世上最亲的人、最可敬的人、最崇拜的人、最伟大的人。靠着这份彼此的"宠溺"，她觉得自己活得像个"财主"。

月亮像个精灵，什么都知道，因为它常在凌晨时看见赵小兵。不是4点，就是3点50，甚至更早，很多人都在香甜的梦中，"赵教练"已经起床了；5点，基础班的冰上训练课已经开始了。"一、二、三、四、五、六……"她的"小孩儿们"，24个，一个不少，一个个仰着小脸儿，她听见他们奶声奶气地喊："赵教练！赵教练！"只这一声，就足以让她甘之如饴。

9年前，七台河还没有室内滑冰场，19年前，29年前，甚至连露天都没有一块好冰，只有严寒刺骨，皓月当空。"咣当""咣当""咣当"，她推着辆载着一吨多重的车子，一圈一圈地浇冰。当教练的都要自己浇冰。在东北人形容冷得"鬼龇牙"的时刻，冰能冻得效果好一些。"呼啦""呼啦""呼啦"，那是她的扫雪声，一个人舞着大扫帚，挥汗如雨，不像个二十多岁的姑娘，倒像个大力士。她挺着越来越饱满的孕肚，走1个多小时去给孩子们上课，后来实在走不动了，就让孩子们到离她家近一点儿的岩石山去。然后，他们再同向而行，"会师"后继续上课。再后来，她身子越来越沉，走得越来越慢，她恨自己笨啊，怎么连岩石山也走不到了？她灵机一动，想出办法，让孩子们到她家去，因为她家平房有个院子，可以在那里训练。孩子们，看见了教练的双腿和双脚肿胀得发亮，哪像个要生宝宝的准妈妈，分明是位悲壮的英雄。

只要一站在"冰"上,她的魂儿就回到"赵小兵"身上了。这个"兵",就是"当兵打仗"的兵。一个爱上"冰"的人,哪有怕冷的呢?穿上1斤2两棉花做成的手工棉裤,蹬上大3号的大头毡靴,套上两层厚袜子,里面是小棉袄,外面是军大衣,再戴上手套,围上围脖,全副武装的"战士"就可以出征了。

小孩儿摔倒了,手套里面灌进雪,小手冰冰凉的,哪能看着孩子挨冻呢?她就把手套摘下来给他们戴。孩子们觉得教练像战神一样不怕冷,他们哪里知道,手套刚从她手上摘下来,把热气都带跑了,手像是被猫挠了一样痛。

雪舞银花,周天寒彻,小孩儿一口一口呼出哈气,小小的毛线脖套上结成硬硬的冰,他们的脖子上"长"满雪绒花和冰凌。她就拿手擦啊,擦啊,擦啊,以体温融化冰雪。有的孩子太小,她就把他们的脖套摘下来,把自己的也摘下来,然后套在小孩儿的脖子上,孩子暖和了,而她就光着脖子了。

她一节课要喝3瓶水,因为一直在说话,一直在说话。孩子们都太小,还听不大懂话,而她的任务是启蒙,一个动作,要反复地教,不停地说,说到嗓子干哑还在说。他们的个子也太小了,她要一直扶着他们的小身体,一边跟着滑一边教,她每天都要很深很深地弯腰。他们哭了要哄,冷了要抱,倒了要扶……

一年又一年,哄着,抱着,扶着,她的"小孩儿们"被送到了市重点班,进了省队,进了国家队,成了获得2004—2005年短道速滑世界杯加拿大站1500米金牌的王伟,成了获得2010年温哥华冬奥会女子3000米接力冠军的孙琳琳,成了2014—2015年国际滑联短道速滑世界杯上海站500米冠军的李红爽,成了获得2019—2020年中国杯短道速滑精英联赛500米和1500米金牌,2020—2021年赛季全国短道速滑冠军赛 500 米冠军的徐爱丽。而她呢，还守着启蒙基础班"蹲级"。总也不升级的赵教练，每天都乐乐呵呵。人们发现，原来一个人的高兴就是这么简单。

月亮圆圆缺缺，同行的人一个个都撤退了，嫌累。年轻的 90 后教练都上来了，只有她这个"逆生长"的前辈还站在"冰"上。她每天从来不吃早饭，训练完回家，就像一只泄了气的皮球，唯一想干的事儿就是"躺平"。只有爱人知道她的"狼狈"，才会在媳妇儿奋力起床的时候使劲儿按住她，瞪眼睛放狠话："你已经功成名就了，你已经有那么多'冠军'孩子了，有冬奥冠军，有世界冠军，有青奥冠军，全国冠军都有了，你明年就要退休了，你图什么啊？"

她有啥办法呢，做工作呗："老公啊，我什么也不图，我就是想干我想干的事儿。"她多么高兴，家长们把一双双小嫩手交到她的手上的第一天起，这些只有四五岁、五六岁的宝贝们，就成了一名小小的光荣的滑冰运动员。一想到，不久的将来，这些"小崽儿"要从她手里"出飞"，她就觉得时间紧迫，就想要争分夺秒，就什么都不在乎了。

她也流过眼泪，不是为累，也不是为身体的伤痛，而是为精心栽培的"好苗子"放弃训练，原因是家长心疼孩子"太遭罪"，她做了最大努力还是没能留住孩子，想起这些心里就隐隐作痛，又无可奈何。

要去北京了。赵小兵连续忙了几个通宵，北京令她向往，家里让她牵肠挂肚，工作，孩子们，还有一个人。临行前，她去看了韩平云大姐，大姐的爱人孟庆余教练已去世多年了。当年，15 岁的赵小兵被孟教练选中，她跟着他学会了滑冰，后来又在他的鼓励下当上了教练。在她最困难的时候，他们夫妻不遗余力地帮她，没有他们，就没有她的今天。

在鸡西兴凯湖机场，赵小兵与爱人告别。她的粉色拉杆箱里，有一件崭新的藏蓝色"国服"。她准备在比赛现场给奥运健儿加油时穿的。那是她的学生徐爱丽送她的，国家队发衣服的时候，她特意选了恩师赵小兵的尺码。

一群孩子歪着小脑袋问她："教练，为什么你的衣服上都有国旗呀，怎么这么好看呀？""是姐姐送给教练的。你们也好好练，将来也像姐姐一样参加世界比赛，为国争光，到时候，你们就会发很多的训练服和颁奖服，就可以送给教练啊。"孩子们认真地点头："嗯！我们一定努力！"

8岁的闫恩齐发现台阶上黏了一面硬币大小的国旗，他小心翼翼捡起来收好，并跟妈妈说："我不能让国旗在地上。"她知道了，给孩子们开了个短会，表扬了小闫同学。一颗颗小心灵在萌芽，懂得了什么是运动员最神圣、最敬畏的东西。

去年，她把孩子们带到了黑龙江省锦标赛上，不是去看热闹，而是真正地"拼"了一场。这些"小嘎逗"，年纪比同组的大哥哥大姐姐小六七岁，个头才到人家的胳肢窝，可是，那么小的孩子跟大孩子同台竞技，一点儿都不害怕，并且真的敢于拼搏，像一只只勇敢的小老虎。在赛场上，教练员和观众都特别惊讶："这是赵小兵带出来的孩子！"

月光如水，护送筋疲力尽的赵小兵训练结束回家，那条受过伤的右腿，用一阵阵强烈的刺痛提醒她，上楼要慢慢上，要横着走。可到了第二天，什么都没能挡住在"冬奥冠军之乡"七台河冰场上的又一个凌晨里，传来一声好听的"孩子们好，现在上课！"

2022年1月23日，北京冬奥会开幕式开始全要素全流程彩排，还有很多人守着央视一套黄金档追热播剧《超越》，闫恩齐的妈妈逢人便说:"我看见了赵教练的影子。"

想得少的人,想要的也少,可能赵小兵就是这款。她说:"其实我想要的不是少而是多,因为我有一个大大的梦,因为月亮追着的永远是太阳。"

一座冬奥冠军之城

"授予黑龙江省七台河市'奥运冠军之城'奖杯。"2022年6月22日,中国奥委会官宣的这条消息,让发展冰雪体育近40年的七台河市有了当之无愧的"冠军城"头衔。

得知这个喜讯的那一天,赵小兵正在勃利县忙活着五所短道速滑特色校的揭牌活动。当别人告诉她这个消息的时候,她的眼眶忍不住湿润了。这幸福的泪水中,既有对龙江冰雪体育教练员和运动员所付出艰辛的感慨,也有对黑龙江省多年来一直推进冰雪体育强省建设结出硕果的喜悦。

激活"冰雪基因"

在2010年温哥华冬奥会上,从七台河市走出的运动员王濛一举夺得了短道速滑女子500米、1000米和3000米接力冠军,成为中国短道速滑历史上第一个"三冠王"。消息传来,举国欢腾,可有谁知道,这荣誉的光环背后却是巨大的阴影——因为随着时代变化,越来越多的家庭不再倾向于让孩子涉足冰雪运动。这其中,既有怕孩子在运动中受伤的考虑,更有对孩子未来出路的担忧,毕竟孩子如果拿不到"够分量"的奖牌,以后还是"没出路"。作为冰雪体育大省的黑龙江省,因此面临的问题尤为严重,无论是教练员还是运动员,实际上都已经处于青黄不接的状态。

嬗变从 2014 年开始。那一年，在省里的支持下，七台河市短道速滑特色学校正式成立，并将短道速滑基础人才的培养放在小学，变"体教分家"为"体教结合"，实行统一训练计划、统一训练内容、统一免费上冰、统一免费接送、统一免费发放训练装备和补贴的扶持办法，形成了"特色校、业余训练班—重点班—省体校、省体队—国家队"的选材输送模式。而且这种模式将逐渐在全省范围内推广。

变化就是来得这么快。在滑冰队训练的闫恩齐小朋友，家长觉得"滑冰耽误学习"，因此总想"撤退"。学校提供训练器材与专业教练培训之后，他可以上学、滑冰两不误。他的妈妈尹洪光高兴地跟赵小兵说："孩子在七台河练滑冰，终于有了保障。"当时闫恩齐每天在学校上半天课，中午妈妈接他去练滑冰。闫恩齐说："每当背起冰刀准备去训练时，同学们都会对我投来羡慕的目光，那时我心里总是美滋滋的。"

像闫恩齐这样的孩子，当时可不少。以前教练上门动员家长让孩子练习滑冰，家长都不买账。自打有了"体教结合"，越来越多的家长带着孩子主动找上门来学滑冰了。短道速滑队伍迅速从原来的 6 支壮大到了 18 支，在训运动员从原来的十几个人一下子壮大成 500 多人。一时间，无论是业余的还是高校的，无论是半专业的还是专业的，越来越多的人活跃在滑冰场上，每天从早到晚，热热闹闹。

有一次黑龙江省举办短道速滑锦标赛，总共 310 多名选手中，七台河市的孩子就占了三分之一。其他队伍的教练员羡慕地对赵小兵说："你们人真多啊！"她笑着回答："七台河只是先行一步，如果有了好机制，你们人也会多起来的！"后来各地的发展验证了她的预料，随着冰雪体育运动在全省铺开，越来越多的孩子成了冰雪体育人才，这背后凝结着"体教结合"的功劳。

近年来，黑龙江省在冰雪体育运动发展上不断采用新思路、推出新举措，冰雪体育运动真正步入了可持续发展的快车道，让这些决心干一辈子冰雪体育运动的人欣慰不已。

点燃"冠军火种"

随着全省冰雪体育人才选拔机制的"破冰"，冰雪运动场馆设施建设也进入了新阶段。就说七台河市吧，2011年的时候，全市都没有室内滑冰场，滴水成冰的大冬天，她和同事们推着载有一吨多重水的车子，一圈一圈地在室外浇冰。车子一步一"咣当"，大伙一步一"吭哧"，费了老大劲，才算"对付"出个滑冰场。

后来就不一样了，七台河市投入1500余万元资金用于体育会展中心综合体育馆的设备和设施建设，先后购置了电子计时计分系统、冰场防护垫、浇冰车等竞赛器材和场地设施。体育会展中心"鸟枪换炮"，不仅具备了承接短道速滑等大型体育赛事的能力，还可以开展冰上训练、陆地训练和体能训练。有了这么好的条件，她恨不得天天都在冰上，跟孩子们在一起。

硬件具备了，冰雪体育运动更加普及开来。各类赛事一个接一个，把冰雪体育运动氛围持续"拉满"。七台河市"开门迎客"，不断承办越来越有"分量"的比赛。记得体育会展中心"旧貌换新颜"后承办的第一场赛事，就是2014年9月举办的全国短道速滑联赛第一站暨国家队选拔赛。当时场馆内外人潮涌动、热闹非常，无论是运动员还是市民，热情都空前高涨——在"家门口"就能参赛、观赛，这是何等的荣耀！

随后，七台河市又举办了首届冬季户外万人徒步大会、全国青少年体育冬令营七台河站暨七台河市短道速滑冬令营活动、七台河中俄冰雪体育文化交流等冰雪赛事活动50多次，累计吸引了12万名爱好者参加。

看着一场又一场赛事的成功举办，七台河市体育局的领导高兴得合不拢嘴，乘势给大家鼓劲儿："我们要打造全国短道速滑集训、转训基地和运动员、教练员的交流平台，实现聚集效应，完成技术上的输入和人才上的输出。"此后，七台河体育会展中心门口的招牌也越挂越密——"国家高水平体育后备人才基地""国家重点高水平体育后备人才基地""黑龙江省短道速滑训练基地""国家短道速滑七台河市体育训练基地"……

"我想当世界冠军！"

"我想滑48秒！"

如今，在七台河市的短道速滑馆里，能见到许多为了追寻冠军梦而从全国各地奔向这里学习滑冰的孩子。每每看到这一幕，赵小兵的内心都激动不已，仿佛看见了一个个"冠军火种"在点燃、升腾……

传承"龙江骄傲"

很多人都在追问，是什么魔力使这么多黑土地上的孩子成为"冰雪飞人"？这片土地究竟蕴藏着怎样的"冠军密码"？赵小兵想，如果真的有密码，那也许是这片土地上孕育的倔强与不屈，是对骄傲与荣耀的渴望，是短道速滑奠基人孟庆余教练所留下的"不怕困难、不畏艰险、不惧强手"的精神。正是这种精神，激励着一代又一代教练员接过老师的秒表，接力奋进，使我们的短道速滑事业得以薪火相传，不断创造新的辉煌。

这些年来，她常常孤身一人去距离市区一百多公里外的偏远农村选才，没有公交车，就是搭马车、拖拉机、货车也要去，太晚了就住在村里，好不容易熬到天亮，唯恐错过一个"好苗子"；她的师妹张杰，带着26名残障儿童组成一支特奥短道速滑队，在这些特殊的孩子身上，她付出了全部心血，训练馆里总能听见她一遍遍清脆的动作指令声，嗓子喊哑了依然在喊，动作做了无数遍依然在做，所有的孩子都亲热地喊她"妈妈"；教练员张利增工资微薄，即便爱人朱娇野没有一分钱收入，两口子也从没动摇追梦的脚步，靠着在上海工作时的积蓄"吃老本"，细抠孩子们的动作，眼看着孩子们一天一个样儿……

在七台河市短道速滑冠军馆中，有一面名为"冠军路"的展示墙，由数百双七台河市的孩子们穿旧的冰鞋和轮滑鞋组成。这里的一双双鞋，不知磨破了多少稚嫩的脚，支撑着他们坚定不移地滑向一条充满泪水与汗水的冠军之路。

2022年北京冬奥会结束之后，她带短道速滑特色校的孩子们再去冠军馆，奖牌数字更新了——世界级金牌177枚，其中包括短道速滑冬奥金牌8枚、特奥金牌7枚；国家级金牌535枚，16次打破世界纪录……她向孩子们讲述着这些荣誉的来之不易，越说越难控制住眼泪，但这眼泪是激动、是喜悦。她常想，现在的这批孩子，再过几年也该参加冬奥会了。"60后"的我、"70后"的张杰、"80后"的张利增、"90后"的李国锋……一代代教练员，将继续助力他们实现冠军梦想。

如今，在七台河市这座群星闪耀的"奥运冠军之城"，健身休闲的人随处可见，体育文化元素越来越丰富，更多梦想正在起飞。如同10年前我们盼着体育会展中心速滑馆快点建成，现在的七台河人又有了新的盼望——第四代全民健身活动中心和七台河国家冰上训练基地

80后短道速滑教练员张利增（中）

运动员公寓即将动工建设，一个独一无二的短道速滑运动场馆综合体即将问世。

"奥运冠军之城"的故事仍在继续，在冠军光芒的照耀下，冠军的城市将走向新的辉煌、实现新的梦想。

背手滑冰的男孩

一

在中国东北方的边陲小城七台河,有一个幸福的四口之家。爸爸、妈妈、哥哥和9岁的闫恩齐。哥哥喜欢跆拳道和朗诵,而闫恩齐是个滑冰迷。

妈妈说,闫恩齐很幸运,喜欢滑冰的时候就有了"冰"。2013年12月,七台河市体育中心正式开放,有史以来第一次有了室内滑冰场。那时,闫恩齐刚好出生6个月。

妈妈说,闫恩齐很幸运,遇上了李教练,又遇上了赵教练。第一个认识的李教练,他叫李国峰,2018年刚从省队退役,才20多岁,就来到七台河教小孩儿滑冰。妈妈带着5岁半的小闫同学和哥哥去滑冰馆找到李教练。她想让哥哥学滑冰,因为这是将来的中考项目。而闫恩齐呢,也跟着来凑热闹。妈妈拉着哥哥跟李教练说话,他就在冰上自己玩儿,满场"打出溜滑",开心极了。

一看哥哥报上了名,他就缠着妈妈也要学滑冰。李教练摸摸他的脑袋瓜,个子还不到一米高,就说:"太小了,明年再来吧!"

闫恩齐不甘心,常让妈妈带他来找教练"玩儿"。他一点儿也不怕这位教练,因为他像个大哥哥,每次一见面就把他抱起来,高高举过头顶"悠"一下、两下、三下,高兴得他哇哇叫。

李教练被他缠得没办法,就让他做"编外"运动员带过一段时间,他实在太小了也没太要求,"三天打鱼两天晒网"的。不过,有一次他这个"小兵"还跟着"大部队"参加了一场正儿八经的比赛。

那是个冬天。闫恩齐和几个大孩子,坐在家长开的小汽车里,顶着大雪去一个很远的地方。下了车,一看是室外滑冰场,就有点儿小失望。原来不是哪里都像七台河一样,有室内滑冰场啊。

比赛他也上场了,只是滑到半程就咕噜一下摔出赛道。本来也没什么,自己爬起来了,只是后来别人有奖品他没有就大哭起来。妈妈哄不好,李教练就给要了个奖品,假装他也得奖了,才破涕为笑。

第二年,闫恩齐6周岁了,还惦记着滑冰,就又来了。李教练已经带重点班的大孩子了,他把恩齐介绍给基础班的女教练赵小兵。赵教练很和蔼,慈眉善目的,测试后收下了他。从此,他成了一名小小的滑冰运动员。

二

闫恩齐的第二次比赛,是2021年的4月7日开始的全省短道速滑锦标赛,黑龙江省体育训练中心的冰场上是留下过他的冰刀印儿的。他是见过大场面的人。

还记得那天刚一上场,看台上就爆发出一阵惊呼声。他们真是太小了,个头才到对手的腰。

不过,这群来自"短道速滑冠军之乡"的小孩儿可不是来看热闹的,而是来参战的。一个个头戴红帽盔,身穿白战服,两个冰刀"欻欻"往地上一刹,像一只只小老虎。别看他们个子小,可谁也不怕!赵教练说了,"不论对手多么强大,都不要怕,首先要在气势上把他们压倒!"

为了这场比赛,闫恩齐早就摩拳擦掌了。去哈尔滨之前,正好

"大杨扬"回七台河,美丽的冠军姐姐为小运动员们加油壮行,他们可是带着冠军的鼓励出发的,人人斗志昂扬。

10个孩子,十几个家长,一个教练,一辆中巴,提前两天就从七台河到了哈尔滨,一路欢声笑语,6个小时,一点儿也不累,就连平时最不爱说话的两个小伙伴也都不睡觉,兴奋地说个不停。

比赛时,每个人都使劲儿往前冲,撵不上被超了被扣圈了也不放弃,就连才6岁的"小不点儿"也没有因为滑不过就坐在地上耍赖哭鼻子,所有人都坚持到最后。

赛场上,家长们加油声最高。没能去现场的,在群里看见视频也都跟着激动。观战的省队教练不住点头:"赵教练,你的小孩儿挺厉害呀!"

三

像春天的"小苗"天天长进,闫恩齐当上了小队长。

一次正训练的时候,来了两位冠军姐姐,一个叫徐爱丽,一个叫范可新。听说徐爱丽还是赵教练的学生。闫恩齐临时表演了一个"弯道",一气儿滑了好几十圈。范可新姐姐笑着拍着他的小后背夸奖说:"基本功不错啊!"他开心极了,把这事儿写到日记里。

他每天都记日记,不会写的字就用拼音代替。有一天,他写道:"今天,我们滑了40圈,只有我和我的3个朋友滑了下来。剩下的人都被我们扣圈了……"赵教练的评语比他的日记还长,她的话总是钻到他心里去,有一次他都感动哭了,泪水打湿了日记本。

换新装备那天,他兴奋极了。"儿子,戴上这个护目镜,怎么这么像武大靖呢!"经妈妈这么一说,他仿佛真的变成了武大靖,训练时,滑得特别来劲儿,都把大两岁的队友于浩洋给超了。

他和家乡所有的冠军都合过影。一有时间，他就征得妈妈同意看王濛的比赛，看武大靖的比赛，看任子威的比赛。他最崇拜王濛了，人家竟然可以背着手滑1500米，并且滑过所有的人拿到冠军，太帅了！

有一次，教练说："如果你们觉得滑的慢，可以超人。"于是，位于第四位的闫恩齐开始超人，最后以第三位滑到终点。下来的时候他很得意，但是并没有说，我刚才超了谁谁谁，而是说："我今天是背着手超的！"

四

去年夏天，闫恩齐特别黏赵教练，每天都挎着她的胳膊不松开。"我要走了，要离开赵教练了，能黏一天是一天。"他有点儿伤感。就连女孩侯佳彤也抱着教练耍赖："我不想走，我为什么要走，我为什么不能跟你练？"

重点班和体育局的领导找赵教练要了好几次人，要从基础班选一批孩子升到重点班去。赵教练不舍得啊，闫恩齐还不到8周岁，还有几个更小的，技术刚有点儿成型。她一次次恳求："哪怕再给我半年时间也行啊，等他们各方面再成熟一些、再稳定一些。"说着说着，眼圈就红了。

局长又亲自跟她谈，她只好顾全大局忍痛放手。这些孩子从6岁半到8岁半一直跟着她，都是"长"在教练身上的"肉"了。一走就是一批，她身边就剩下六七个刚来的"小崽儿"了。那天，赵教练走过来时，一遍遍擦眼泪。后来，她爱人开车把她接走了。

在重点班中队的新集体，闫恩齐重回李教练麾下，很快又有了新伙伴。不过，只要在冰场上碰见赵教练，他就会飞奔过来，扑到她怀里，孩子们也跟着他一起扑上去。54岁的赵教练张开怀抱搂住孩子们，不知为啥，笑着笑着就哭了。

五

"小潘还能回来吗？"闫恩齐问妈妈。

那年暑假，滑冰队里来了个6岁的山东小妞，大家都叫她小潘。她住在姑姑家。不过，她只上了一节课就被妈妈带走了，她妈妈说心疼孩子太小，等长大以后再来。

放寒假时，小潘来了，变成了小胖丫。赵教练摇头："真想滑冰必须减肥，一个月减掉10斤再来吧。"

小潘认真减肥，不吃饭，边哭边说："姑姑，你不要理我，我进小屋去哭一会儿。我太饿了。"

"要不少吃点儿？"姑姑心疼她。

"不能吃啊，教练说要是减不下来就不让我练了。"小丫哭，但是摇头。

妈妈在老家跟她视频："要不咱不练了？"

小潘挂了妈妈电话。

赵教练再见小潘的时候，发现这小丫真的瘦下来了。

闫恩齐和小潘坐着赵教练的车去她家玩儿，唱歌跳舞，吃赵教练的爱人李大大烤的羊肉串。2020年疫情来了，场馆停了滑冰不能停，家长带着他俩找"野冰"滑。

冬天真冷啊，人们看见七台河大水库冰面上，每天都有两个"小红点儿"在滑冰，摔倒了爬起来继续滑，小脸冻得通红，鼻涕都淌出来了。

路人问："冷不冷？"。因为冰场对着大风口。

"不冷！"

路人被感动了，说："孩子，告诉我你每天都啥时候来，我帮你浇冰！""以后我天天给你带好吃的，快吃吧！"

疫情原因不能当面教学，视频里看到有的孩子动作不对，赵教练着急。她约孩子单独来见一面。小潘乐坏了，跟姑姑说："我猜教练找我有三件事。一件事就是要请我吃羊肉串。还有一件事，就是要把我送到省队了。还有一件……"

小潘滑得越来越好。她和闫恩齐马上就要升入重点班了，离梦想的省队也更近了。可是就在去年暑假前的一天，她却无声息地走了，连期末试都没有考。

赵教练为此伤心了好久，孩子们一扑上来，她就想到可爱的小潘，眼泪哗啦一下就涌出来。闫恩齐也心情不好，不想说话。妈妈说小潘会回来的，赵教练也说小潘一定能回来。可他听别人说，小潘的妈妈想她，不想她滑冰太辛苦，把她"骗"回家。小潘真的能回来吗？

六

有一次，赵教练说："今天教练不舒服，不能做动作了，你们先自己做。"后来闫恩齐才知道，教练膝盖的半月板年轻时候伤过。但他每天早上5点之前到冰场，都能准时看见赵教练。他从不迟到，从不旷课，从不请假；她也从不迟到，从不旷课，从不请假。

晚上，闫恩齐跟着爸妈看央视热播剧《超越》，陈冕发烧，教练不让她上场比赛。他想起王濛发着高烧还滑过冠军。教练说："真正的赛场，什么都不是理由，最终看的就是结果。"有一次，队友感冒咳嗽得厉害，回家休息后再来训练就有点儿跟不上了。闫恩齐暗想：我不能被别人落下。

有一次，很是个"寸劲儿"，两个人背靠着背走路，猛个一回头，队友的脑袋撞到闫恩齐眉骨上，不一会儿，眼皮就肿起来了。教练马上给用冰敷，即便受伤他也没请假。等训练完回家，整只眼睛肿得老高，变成紫黑色。妈妈又冷敷又带他去医院拍片，还好，没有骨折也没有伤到眼球。

"伤员"出现在冰场上，小伙伴们围过来："闫恩齐，你是画着烟熏妆来的吗？"

闫恩齐每天回家必做的一件事是压腿。抻筋拉骨，疼得嗷嗷叫，眼泪噼里啪啦往下掉。妈妈压累了，他主动要求把一满箱书"坐"在他的小屁股上，巩固"战果"。

腿压开了，动作到位了，又发现右腿臀部附近有个过硬的肌肉块，柔韧性不够。于是，小孩儿尝到了人生第一次扎针灸的滋味。妈妈真好，每天早上6点半出门，带着他开车20分钟去针灸，诊所还没开门，每次提前约好。针灸半个小时之后再去上学，早饭买好在车上吃。

后来又做了一段时间按摩，要把肌肉按出青紫色才能达到效果。为了增强体力，他还喝过妈妈熬的汤药，很难喝，为的是调脾胃，多吃饭。明知道，如果不练滑冰，这些都可以没有，可对于心里那个大大的梦想来说，这些都不算什么。

压腿的时候，母子之间经常上演"每日一对"，妈妈说："吃得苦中苦。"趴在地上压腿的小孩儿歪过脑袋说："方为人上人！"屁股上的书箱一动一动，眼里的泪花一闪一闪。

七

春天来了,省锦标赛的日子越来越临近了。这将是他人生第三场正式比赛,他盼了很久了。这次跟去年不一样,他要听从教练的指挥跟着队伍走,是"正规军"了。

从上幼儿园到现在二年级,闫恩齐每天5点去训练,训练完吃饭,吃完饭学习。班主任张文娟老师常把他带到办公室午休,听说过几天他要去哈尔滨比赛,张老师爽快地说:"去吧,等你回来,哪里不会的,我教你!"

闫恩齐换上新冰刀那天脚下生了风,一下滑完了200圈,只有他和另外一个人跟着大队员滑了下来,还有点儿意犹未尽。

李国峰教练和赵教练有些不同,很少表扬他,为的是不让他"翘尾巴"。终于有一天,李教练夸奖了他:"闫恩齐要起飞了。"单圈最快速度滑到11秒以内只有他一个实现了,妈妈把视频发在抖音上,很多滑冰爱好者说:"这么大孩子能滑出这个速度,很厉害。"

又有一天,李教练很高兴:"小子,你'破1'了,刚入队时12秒,现在10秒,回家让你妈妈给你买蛋糕吃。"

妈妈很高兴:"儿子,这个必须安排!"

后来,蛋糕也吃不过来了,因为小孩儿又进步了,半年前是10秒09,两个月前是10秒06,现在是10秒03,当然,明天会有一个更新的纪录。

八

赵教练又去"选材"了,她又有了一批新"小孩儿"。这些小弟弟小妹妹,像闫恩齐当年一样听不懂话,不懂得规则,压不下腿。赵教练依然凌晨起床，顶着星星和月亮，在冰上喊着，做示范动作，很深很深地弯腰。她从不说腿疼的事儿，也从不提自己的年龄。

前几天，赵教练又请孩子们吃饭。闫恩齐和小伙伴们在教练家聚会，连吃带玩，唱歌跳舞，不亦乐乎。原来是赵教练在北京看2022冬奥会比赛回来，想他们了。

闫恩齐依然又黑又瘦，但两条小腿粗壮有力，他的个子像春雨过后的小葱又"窜"出一节，有1.36米了。他超喜欢滑起来风驰电掣的感觉，像飞鸟一样。在他心里，有没有玩具、有没有好吃的都没关系，只有这一件事最重要。早上刷牙时，他在想动作，训练完等早餐时，他还在想动作，想着想着就站起来把着椅子练蹬腿，妈妈说他着魔了。

闫恩齐越滑越快，已经可以帮其他教练带小孩儿了。他身后跟着一群"小不点儿"，他们对这位小哥哥崇拜极了，一见到他就使劲儿地尖叫："闫恩齐！闫恩齐！闫恩齐！"

前几天，李教练在队里搞了一次"挑战赛"，闫恩齐挑战成功，以后列队时他就能从原来的第7位站到第4位了。当然，这不是他的最终目标，他心里瞄着的是第一名。

暖洋洋的太阳从教室的窗户上照进来，课堂上的闫恩齐更自信了，他站起来回答问题的样子帅帅的，就像在冰场上一样。

晚上，闫恩齐做了个梦，梦见自己去省里比赛了，又像是站在冬奥会赛场上，他滑得飞快，一个接一个地超人，并且是背着手的……

他看见美丽的五星红旗冉冉升起。他还看见，看台上人海中，有赵教练、李教练、爸爸妈妈、班主任老师，还有亲爱的小潘同学……

第四辑 美丽林区

长白山脉　绵延千里
其北段位于黑龙江省中部
又名完达山脉
完达山余脉是张广才岭
背依张广才岭东北麓的
便是小城高楞
青山绿水环抱着小城
干净的空气沁润着小城
千百年来
松花江水日夜流过
滋养着万物生长　人心向善

我见青山多妩媚

长白山脉很长，从南到北纵贯东北三省。长白山北段是位于黑龙江省中部的完达山脉，完达山的余脉是张广才岭，背依张广才岭东北麓的，是小城高楞。青山绿水环抱着小城，干净的空气沁润着小城。千百年来，松花江水日夜流过，滋润着万物生长，人心向善。1958年10月，方正林业局在此建局，高楞即为林业局的局址所在地。

如今，从高楞出发的道路，通往山上18个林场和林班，当然也通往大山外面的世界。在黑龙江森工集团23家林业局中，方正林业局是其中一颗璀璨明珠，被人们亲切地称为"方林"。2023年10月，当我随黑龙江省作家协会采风团来到这里，目睹了大美方林人自带"生态势能"，释放"生态潜能"，奋力走出的一条"生态之道"，这条绿色发展之路，也是一条新时代的光明大道。

江边起高楞

一

夏风拂过，一列高铁在白山黑水间风驰电掣，一幕幕景色从车窗上快速闪过。

车上的乘客中有一对母女。女儿叫张羽飞，二十多岁的年纪，长得文文静静，硕士研究生毕业后签了一家名为黑龙江省森工集团方正林业局有限公司的单位，报到通知上写着局址办公地点在一个叫"高楞"

的地方。新单位条件怎么样？风气怎么样？宝贝女儿去了能不能适应，做母亲的，有一百个不放心，于是，她决定亲自送女儿去报到。

巧的是，邻座的妹子就是高楞本地人，交谈中得知母女俩的担心，她爽快地说："姐，到了高楞，你不要害怕找不着，在大道上随便找个人都能给你指明白路，绝对丢不了，他要是有时间都恨不得领你去！"下车之后，这位热心人干脆和母女二人同打一辆出租车，把娘俩送到林业局机关大楼里，一路上，仔仔细细把哪里能吃饭，哪里有住宿的地方，交代了一番。

这是女孩入职后见到的第一位高楞人，亲切，实在，就像自家亲戚。妈妈放心地回家了。再以后，女孩认识了局人力资源部领导、师傅等等一位又一位"高楞人"，这些素昧平生的人，可亲又可敬，不是亲人却胜似亲人。

很快，她知道了，这个高楞，不挨着乡，也不挨着镇，独独立立的一个小镇子，也没有出租车，要想去哪，只需花四块钱叫个"港田"就能到。高楞，东西宽48公里，南北长52公里，方圆7.8平方公里，实在不算大，但是这里有商业街，有中心广场，有菜店，有主干路，有一片接一片的家属区，街道干净，道路整齐，民风淳朴，空气清新。而整个林业局的地盘却是不小，从地图上一看便知，下辖的林场星罗棋布，星火、万宝山、响河、吉岭、沙河子、新风、小龙山、陈家亮子、红一、西沟、曙光、五道林、宝马庄、西南岔、石河、红旗、四道、三道，不多不少，正好18个，施业区跨方正、依兰、林口三县，总面积有20多万公顷。

二

羽飞实习的第一站是小龙山林场。8月，正是最舒适的时候。山里要比镇里气温低一些，但是空气特别好，名不虚传的天然氧吧。走在山林里，阳光从树木间透下来，一脚踩进混合着落叶和松针的地面，松松软软，感觉真好，很容易让人想起很多美好的诗句。难怪她刚来那天晚上，在住宿的宾馆看见有外地来的一家三口人，特意来这里健康疗养，他们已经住了好久了，相中的就是这里的空气。

在林场，她看见了很多以前没见过的生物。一只野兔在晒太阳。一只大蝴蝶在眼前快速飞过，它的翅膀特别漂亮，竟然有手掌那么大，她都看呆了，没来得及掏出手机拍照，它就飞跑了。她还看见过两次蛇，是特别特别小的蛇，还有满窗的"花大姐"，人和自然和谐极了，她感觉自己只是一位林子里的客人。

小龙山林场有一条公路从中穿过，一头通往鸡西市，一头通往讷河市，简称鸡讷公路。林场的任务，除了正常巡林、防火、防汛工作，还要做好公路的养护工作。羽飞看见有师傅在清理路面，因为人长时间拿着扫把在公路上作业是很危险的，他的办法是用机械设备吹风，把树叶、石头子、土块、垃圾都吹到路边，然后再扫。这种方式，她还是头一次见。

下班后，羽飞来到江畔公园。夕阳西下，远山如黛，美丽的沿江景观带蜿蜿蜒蜒拥抱着小城，江岸边早已卸任的高耸入云的塔吊，不远处是一组林业工人伐木作业的雕像，记录着曾经如火如荼的伐木岁月。

三

很多年前，这里只是一个储木场。

1958年10月，林业局从依兰林务局的旧址正式迁至此地。林业工人们生产的每立方米的木材都是为了支援国家重点工程建设事业，他们为砍下的红松做了人民大会堂、毛主席纪念堂的栋梁而骄傲，系上红布头，敲锣打鼓的喜庆至今令老人们难忘。

中国最大的连片森林在东北黑龙江省，在没有出现其他建筑用材可替代的年代里，任何一项国家重点工程的项目中，都可以找到东北木材的影子。特殊的环境下，每一个林业工人都把生产木材当作最高的政治荣耀和任务来完成。没有人计较有没有奖金提成，一场场热火朝天的社会主义劳动竞赛，比的是忠诚，比的是干劲儿，比的是产量。

一批批木材从山里运到江边等待上船，木头越堆越高，成垛，成楞，全亚洲最高，"高楞"之名由此而来。一代代伐木工人从天南海北汇聚而来，在此安营扎寨，生儿育女，最兴旺时，方正林业局职工多达五万人。

四

江水滔滔，送走了远去的林海岁月，记录了林业人一步步充满艰辛与挑战的变革与重生。

那是艰难创业期——

以生产木材为主，以采伐量论英雄，职工们爬冰卧雪，披星戴月、集"采、打、集、装、运"一条龙，高峰时期年木材产量达到45万立方米，建局以来，累计生产木材1526万立方米，在国家铁路、交通、国防、建筑等国计民生工程中夯基架梁，贡献木头。

那是举步维艰的"两危"期——

20世纪80年代末，由于国家政策和过度砍伐，林业系统陷入森林资源危机和企业经济危困的"两危"局面，林业局积极调整步伐，以多种经营撑起"半壁江山"，创造了植树造林、森林抚育"双百万亩"的奇迹。

那是壮士断腕的转型期——

1998年国家正式启动天保一期工程。2011年,继续实施为期10年的天保二期工程。2014年4月1日,全面停止天然林商业性采伐。林区产业工人放下斧锯、拿起镐头,由砍树人变为种树人、护林人。被砍秃的林子慢慢长高连成片,森林生态系统得到有效恢复,生态环境得到明显改善。

那是破冰前行的攻坚期——

2015年3月,国家、省委全面深化国有重点林区改革,方正局先行先试,开始了改革的破冰之旅。2019年8月,改制为方正林业局有限公司,完成了政企、政事、事企、管办"四分开"。

那是绿意盎然的新生期——

习近平生态文明思想,"两山"发展理念,引来思想的源源活水,集团出台"28字"建企方针,"135"发展战略,"36字"生态铁军建设标准,实现新飞跃,创造新辉煌。

胜利从来都不是敲锣打鼓,轻轻松松就能实现的,一切美好都不会从天而降,惟有奋斗。广袤山林在流淌的波光里变迁,变绿,变美。

塔高人为峰

一

羽飞在林场实习值班的时候,看见过消防指挥人员在对讲机里与瞭望塔上的护林员对话。早就听师傅们说,在山里有一座座瞭望塔。

塔在山尖上,人在塔顶上。塔上的人叫瞭望员,也叫塔员。每座塔上守着3名塔员，徐加文就是其中之一。方正局有11座这样的高塔，早上7点，徐加文通过步梯上塔，站在上面的小房子里360°瞭望，观察有没有火险火情。塔高22米，人高1.75米。塔上视野很开阔。

每年的9月15日开始进入秋季防火期，到11月15日大雪封山，塔员撤下，工作重点转为治安和紧急救援任务。第二年3月15日开始，便进入春季防火期，直到6月15日结束。这两个特别时期，塔上全天有人。山上工作十天，下山休息五天。三人一组，两人在岗，一人轮休。在岗的，一人主班，一人副班，配合默契。两个周期下来，一个月就过去了。

只要是上岗，对讲机就是不离手，每隔两个小时向指挥部汇报。记录本上，一笔一画写下一行行的"正常"。

指挥中心是近年森工集团统一标准建的，这里的消防指挥员全年在岗，全天值守，且是班班见领导。大厅有大屏幕，远程遥控，调度指挥全局所有消防点位。去年，组建了一支无人机中队，共有一大、二中、四小，七台无人机，巡护能力越来越强，相比于当年纯靠人双脚丈量土地的巡护模式，已经完全不可同日而语了。

每次上班，徐加文都早早出发。客车把他送到山下，剩下的2000米步行。游客上山有石阶步道，塔员走的同行踏出来的"毛毛道"，或者修塔时的山路。从第一步开始，就是上坡，越往上越陡，几乎是步步登高。对徐加文来说，上班就是上山，山路就是平常路。一年中，从家到塔，不知要走上多少个来回，塔就是方向，朝着塔走就是对的，每当顶风冒雨老远看见塔尖，心情就很舒畅。

十几年前，现在这座塔新建成的时候，他还在消防中队当扑火队员，如今已经是老师傅了。上塔是他主动要求来的，他喜欢那种山临绝顶我为峰的感觉。在他刚上山的时候，媳妇跟他上来过一次，一半是因为好奇，一半是因为担心，再以后不论怎么说她也不来了。山上好是好，可是实在是又无聊，又不方便。

他倒是没觉得。走在山路上，天气很好，预计一个多小时能到达0-2号瞭望塔。那只磨旧了的双肩包在他背上一耸一耸的，里面几十斤重的物资，是他未来十天的副食补给。

塔下有生活用房，墙面是保温板，有门有窗，有锅有灶。没风的时候，可以点火做饭，燃料是捡来的干树枝和木头绊子。

山上是没有电的，用一块80瓦的太阳板和一个12伏的灯解决照明问题。太阳板能储存3~5天的电。所以，为了节约，一天只吃两餐。

到达后，他把包里的东西一样一样掏出来。衣服、青菜、一小块肉。出发前，他把菜洗净，肉多加盐腌一下，炒菜就不用加盐了，保鲜又省火，是老一辈传下来的办法。

他又检查了一下水壶，还好是满的。城里的人，喝水、洗衣、做饭、洗澡、洗手、洗车，水好像永远都在水龙头里等着，来得自自然然，流得顺顺溜溜。在山上，水是很金贵的。值副班的同事每天要去附近的泉眼背一趟水，用瓢把水一下一下蒯到背壶里，壶装满是五十斤，够同班的哥三个用一天喝的用的。好在，林业局正在塔上建储水的水窖，水窖能把房檐掉下来的水收集起来，虽然不能喝，但可以解决洗涮用水。

二

徐加文1976年出生，是典型的"林三代"，姥爷是1958年建局时候来的第一批职工。父亲是当年运材车司机。今年是他上塔的第五年。两位队友和他年龄差不多,这项工作需要有经验的,要熟悉地形,一旦有情况,可以准确引导扑火队员少走弯路。有位叫张东北的老队员今年58岁,20多岁就上塔了一直干到现在,经验非常丰富,每次发现火情,指的路线都非常正确,非常到位。

　　一般的时候,徐加文日出之后半个小时上塔,日落之前半个小时下塔。也有遇到特殊情况的,三更半夜就拿着手电上去了。从小在山里长大的他,上山没那么难,只是一旦出现险情,找不着看不着的时候,真是着急。有一次,他通过望远镜发现有烧荒的,马上汇报指挥部,指挥部通知林场派扑火大队来了。还有一次,雷击引起的山火火险,发现后及时消除了。还有一次,有游客坐着一只热气球飘到了方正局辖区,接到报警后,全局瞭望员统一行动,同时上塔用望远镜找人。在漆黑的夜里,在山里转了半宿走迷路的人,远远看见瞭望塔上亮着的一只只手电筒汇成的光束,心情该是何等惊喜。

　　夏天的时候,山上暴雨如注,太阳板供电不足,手机信号太弱,塔上瞭望员通过超短波电台,对讲机全部打开,保持通讯畅通,确保场部不失联。特别是启动了高科技手段,热成像的"天眼",通过云台转动把镜头拉近,判断从哪里走上山更方便。每个瞭望员的手机上都有一个"智库林火"App,通过卫星能测到火点位置,找到最佳扑火路线图。

三

　　这些先进的技术,老一辈护林员是没有的。他们那时候在没有"天眼"、没有手机、没有超短波电台的情况下,全是凭着经验,走,看,听,判断。据说,在这座塔的原址上,淘汰过三四座塔。那时候的塔道比现在要远,更难走。人要走很远的路去找空山水喝。曾有一名老塔员,喝了被老鼠污染过的水不幸患上了"出血热",也就是鼠疫。现在条件好了，林业局给每一名塔员都打了疫苗。

在塔上，徐加文见过很多大领导，他们都没什么架子，为人亲和，且各个能走山路。八月十五中秋节那天，公司党委的辛文家书记上塔来慰问了。主管副局长带着大队的人也上来过，每次都带不少好吃的，水果、月饼、罐头。不一定啥时候，林场工会的人就来了，总是又拿粮食又拿豆油。有一年，山里发现了东北虎的行迹，外人觉得新鲜，林业局领导第一时间想到的是瞭望员的人身安全，赶紧组织人上去把山上房子的窗户用铁网拦上，防止老虎进屋伤人。

蛇，是经常遇上的。这种俗称"土球子"的东西，伤人，严重的会致命。上山的人都非常注意，穿高筒靴子，真遇上了，就用棍子扒拉扒拉，叮叮当当敲盆子，蛇就吓跑了，"打草惊蛇"嘛。

上山的路，已经很熟了，闭着眼睛都能说清楚。那年冬天，大风把通信台刮坏了，通信断了，他们翻山去紧急抢修。有个队员累得走不动了，整个人掉到雪坑里，由于个子比较矮，脚踩不着地，同伴赶紧一起上手把他薅出来。大雪就这么深。

还有一次，也是一次紧急抢修。山的背坡面雪还没化，雪厚得没过了膝盖，早上 8 点钟出发，一般 11 点到山上，可那天一直走到下午 1 点多。每走一步都要小心，一步一拔腿，一步一个深窝窝。晚上回家浑身疼。训练有素的护林员尚且如此，普通游客就不知啥时候能走下来了。

四

2023 年 11 月，一场罕见的大雪如约而至，给延绵的张广才岭盖上了厚厚的白棉被，大地洁白、大山洁白、大江洁白、大河洁白，天地之间全覆盖了。

怎么才能把生态保护好？有一张铺天盖地的网，叫"林长制"。人们形容这张网的作用，用了十六个字：网中有格，格中有人，人在格上，事在格中。山林很大，人很多，但是不管是谁，人人都能在格里找到自己的位置，知道自己该干啥。责任，也像大雪封山一样，是全覆盖的。

田有田长，河湖有河湖长，林有林长。"林长制"的春风刮到了方正林业局。局场两级责任体系建立起来，从局到林场再到林班，层层有林长。方正林业局有限公司党委书记、董事长就是局级林长，下属600多个生态护林员、20万公顷林区全面落实了保护责任人。与此同时，林长＋警长，林长＋检察长，林长＋法院院长的工作机制都建起来。没有一棵树不在网格里。

陈家亮子林场是距离局址比较近的林场之一。从清末到新中国成立前，很早就有人在这里伐木头了，因老名叫陈家亮子经营所，本地人习惯叫陈所。如今的陈所，一共39个林班，副职5天巡林一次，管护员每天都要巡林，看有没有盗伐的，有没有下套偷猎的，看有捡柴的提醒提醒，发现有下夹子打野兔的，马上把工具拆除掉。

植的树能不能活？树苗栽上，第一年抚育，第二年抚育，第三年要检查成活率，一切都是挂着钩的。

探索的路，深一脚浅一脚，但总是前进的。头些年搞林下鸡、林下猪、林下羊、林下牛，实践证明，对生态有一定的破坏。方正林业局在做了充分调研之后，发现了问题，在去年紧急喊停之前，就已经慢慢调整，平稳过渡。林长行使巡林职责，到河边走走看看，发现养过林下牛的，林子里寸草不生，植被没有了。牛这畜牲聪明得很，树下两头牛，"哥俩"互相研究好，你摁着树尖，我就骑着树干，把树咔按倒，就开始啃，后果可想而知……

很快，因为牛的事，不仅林长来了，公安局局长、检察院检察长、法院院长也来了，林长加"三长"陪着专员齐刷刷上山，与养牛户老百姓见面，苦口婆心地普法，牛把林子霍霍了，不能再养了。很快，林业局出台一条新规定，凡是养牛的职工，重新给安排工作。老百姓说，这样的力度之大前所未有。不用担心种的树不活。林场人说，这个"网格"是很厉害的。

过去，林子巡没巡全靠责任心和革命自觉性。现在有手机定位，手机下个软件，叫"智慧林业"，一年必须走完指定路程。

公司党委书记带着领导班子成员上课学习，一个叫作"业财融合"的概念扑面而来。将来，所有的业务都跟财务是一个模板下来，上项目，资产评估，数智化。瞭望塔再高，也比不过新科技，终会有那么一天，在塔上只需放一个接收信号的东西，人完全可以不用上塔。

天空瓦蓝瓦蓝的，价值八十多万元的无人机第一次飞起来了。地面上年轻的森防队员只需动一下手柄，就能控制飞机自由飞行，起降，地面的一切尽在"眼"中，人们手搭凉棚抬头看着，不胜感慨，山中岁月已然进入智能林业时期了。塔，终将被更高级的"天眼"取代，这一天已经不远了。

五

古老的原始森林藏在大山深处的四道林场那边，人们也叫这样的林子为母树林。据说，林子里有直径一米多的大红松，树的枝丫上有着像油画一样的白色黑点花纹，一棵棵拔地而起，参天耸立，两个人手拉手都抱不过来。这些珍贵树木，即便在砍伐时期，也要保护起来的。如今的红松，更是像大熊猫一样稀有珍贵，是国家的重点保护对象。所有的都要登记造册，棵棵都有"身份证"。如果有病了倒了死了，都是要上报的。到了八月十五，就可以采松子了，但是再没人敢打红松的主意，有《森林法》管着，林政部门专人监督着，真要敢触犯红线，情节轻的，该补树苗补树苗，该栽树栽树；情节重的，是要去吃牢饭的。

种树，是从来没有停过的。即使是在红红火火的伐树时代，每年也是要种树的。栽过的树，要抚育、除草，三年后，交给大自然。一年又一年，一代又一代，在人类愚公移山般的壮举中，一片片人工林长起来了，最大的一片在三道林场，已经超过一百万亩，被人们骄傲地冠以"双百万亩"之美称。

陈忠才今年70岁了，60岁时从方正林业局退休，从一个工人，到林场场长，再到营林处处长，年轻时候采木头，后来又专门管栽树，林业局每个时期都干过，曾被评为黑龙江省劳动模范。人们都尊敬他喊他老陈大哥。20世纪90年代到2013年，营林任务很重，他走遍18个林场兼管植树造林，他看得很严，不仅要把树栽好，还要保证成活率，要是有人想偷懒或者"打折扣"，是绝对行不通的。

多年后，老陈当年的办公室里，是一批年轻人，比他小二十岁的小王科长和同事们，在做着前辈的工作。

退休的老陈，依然关心方正局公司的发展，现在讲的是"生态优先、绿色发展"理念，贯彻的是"生态立企"方针，他曾经干了几十年的森林抚育、营林造林、森林防火、病虫害防治依然是重中之重。现在讲究的是，山、水、林、田、湖、草沙综合治理，用"林长＋河湖长＋田长"的工作机制干工作、做事情、管营林。

没了良好的生态环境，其他战略都是空话。打开电视、手机，都能看见局里这五年来的成效——方正林区林地面积增加1022.62公顷；森林覆盖率由89.26%增加到89.76%，增加0.5%；活立木总蓄积

2302.26 万立方米，增加 227.85 万立方米。完成造林 6.14 万亩，森林抚育 52.806 万亩，病虫害防治 33 万亩，刺五加育苗面积累计 1745.5 亩。

"保护"是要有很多办法的。山林抚育是一门学问，想做好，并不容易。

塔下是一片郁郁葱葱的次生天然林。与天然林里的大红松比，这些树还显得有些纤细，它们的幸运在于，所遇皆为友善与护佑之手。枯树被一棵棵伐倒了，种子掉土里又长出来新芽，人们便小心呵护、伺候，保护着一棵棵小野树慢慢长起来。这些年，国家一期接一期搞天然林保护工程，就是要把大山养起来。

靠山吃山，上山捡柴的人，人人清楚什么样的可以捡回来做烧柴，干枝的粗细不能超过 8 公分，长短要在 2 米之内。小小一根柴，林政部门、公安森保部门、资源监督部门，都是管这个的。如果是盗伐，层层壁垒挡着呢，连山都下不去。

十年前，全局棚户区改造，老百姓都上楼了，有集体供热了，管子里烧的是从大庆输来的天然气，又干净、又便宜，谁还吃饱了没事干去山上捡柴火呢？

走进陈家亮子林场，绿树葱郁，流水潺潺，步步是景。空气中是沁人心脾的草木香。人们会告诉你，这里的森林面积、蓄积和覆盖率连年增长，方正林业局已经连续 41 年无森林火灾，在林子里遇上野兔、狍子、白鹳等小动物是常事，就连东北虎也偶尔出来"巡山"。

陈所办公小院旁边是一座高高的移动信号塔已经"站立"了 20 年了。周边的松树，也有 10 多岁了。那时候，商成辉就在这里工作了。院里曾有一处老房子，是 1958 年建局时建造的，房子旁边是一座小小的电影院,还有个小小的工具维修间。如今,也不伐木了,用不上了,这里变成了小小的健身广场。房后,几棵美丽的花楸树伸向长空,树荫遮蔽着房子一角。一串串红红的果子挂在枝丫上,蓝天映衬下,更加鲜红。

站在小院里放眼望去,远远近近的,都是不同年代种下的树,它们都尽情地长成了一片片风景。除了院前面那棵大柳树树龄比他要大,其他所有树的种植和生长,商成辉都参与过的。将来,还会有更多更绿的林子,他觉得这没什么,因为这是他和所有人安之若素的日常。

寒地有仙草

一

"放下油锯,我能干啥?"曾经的伐木工人们都很焦虑。都说:"靠山吃山,可怎么'吃'呢?"

大雪整整下了一天,漫山遍野全都白了,公路两边的雪有半米多深。下雪第二天,4辆丰田越野大吉普车艰难行驶在鸡讷公路上。雪盖住了山林,也盖住了山路,看不见哪是路、哪是沟,开车全凭经验和感觉,唯一的参照物是两旁的树。4辆车行进的共同目的地是陈家亮子林场苗圃基地。几十公里的路,平时用时30分钟,这次足足走了一个多小时。车里坐着方正局总经理谌建华和森林经营公司的人。没人知道,这些顶风冒雪非要上山的人,为的竟是那些小小的种子。

在湿度和温度都被严格管控的苗圃里,一粒粒"刺五加"种子被精心呵护着,它们不停吸收着水分,个头日益膨大起来、萌动起来,这是寄托无数人希望的种子。在这里,人们有一个共识,所有种子的事都是大事情,从种子处理,到上床,到苗,到栽,每个程序都不得掉以轻心。刺五加成功不成功,跟种子有直接关系,如果发芽率上不来,第二年的苗就不够。如今正在关键期,种子不能伤热,必须要隔天一翻,不管天上下雪还是下刀子,都要翻。

二

野生刺五加长在浅山区,山里人没有不知道它的。司机师傅最近睡眠有些不好,正喝着刺五加籽泡水调理。他家昨天的晚饭包的刺五加馅饺子,味道很清香。

其实,在千百年前,人们就知道刺五加了,有诗云:"白发童颜叟,山前逐骝骅,问翁何所得?常服五加茶。"有传说它是"五车星之精,能返老还童,延年益寿"。到了明朝,李时珍尝遍百草,其中就包括刺五加,他在《本草纲目》中毫不保留地为此刺五加"做广告"说:"轻身耐老,明目下气,补五劳七伤。"惹得后人感叹:"宁得一把五加,不用金玉满车。"

和煦的阳光照在山坡上、灌木林中,神奇、朴素又不怕寒冷的一株株刺五加在风中摇曳。老人们亲切地叫它为五加参、刺拐棒、刺木棒、老鸦刺、老虎潦、一百针。刺五加浑身都是宝,每逢春秋季,一片片嫩叶被摘下来,炒制成茶,果实用来泡酒、皮可制成散冲饮,种子可榨油,制成肥皂用。一棵草,实实在在参与着人类的生活。

黑龙江作为全国中药材主产区,从林林总总的中药材中排出了前9名,誉为"龙九味",刺五加位居之首。云南有三七、吉林有人参、宁夏有枸杞,黑龙江人也有自己的名片——寒地仙草刺五加。

仲夏时节的陈家亮子苗圃基地,太阳火辣辣热情地照耀着一望无际的刺五加育苗田,绿油油的小苗挤挤拥拥着,个头已高过人的脚踝，这是一片希望的田野……在更远处的山坡上，在只有航拍才能看全的漫山遍野上，3年前，一株株从苗圃移植过来的刺五加又长高了不少。其中50亩是副场长商成辉家种的，苗是林业局免费给的，种上之后当年就发叶，第一年只需除除草，第二年再一看，10多公分长的小苗长到了四五十公分高，再以后就不用太管了，只等将来收割来钱了。种，省心，卖，也不用操心。公司采取统一规划设计、统一发包、统一栽植标准、统一建档立卡、统一收购的"五统一"管理模式，公司与职工合作经营，免费为职工群众提供苗木，产值按2∶8分成，公司占20%、种植户占80%，极大降低了职工的经营风险，大伙儿都乐意干。一报名，全场32户，家家都种了50亩这样的"希望"田。林业局公司在红一和万宝山两个林场建设了500亩刺五加育苗基地，每年可育苗2000余万株，实现苗木自给自足，并面向市场销售。

三

李时珍雕塑迎风而立，他身后是足有五六个足球场面积大小的中药产业园区。去年冬天，这里还是一片什么也没有的空地。而现在，这里生意正兴隆。走进阔气的大门，就是走进一座仙草的王国。空气中，飘着特别的中草药香味，室外场院平展的水泥地面上，铺着一片片晒着太阳等待进入下一道工序的各种叫不上名字的药材，一间间高大宽敞的厂房里，传来各种机器设备运作时的协奏鸣响。

这里，到处是刺五加。

当我怀着好奇走进最热闹的厂房，眼前是一堆堆的刺五加枝条，有的还没处理，有的已经分拣完毕。一直往里走，一台机器正筛选加工后的刺五加碎末。车间里，一条自动化流水线上，几十名工人们各自在工位上埋头工作，剁段、分级、运输、粉碎、切片、烘干……他们操作熟练、有条不紊。切好的刺五加片，成群结队上了传送带，进了烘干机，两个小时后再出来，就成了干干爽爽的刺五加饮片。一片片，圆圆的，白白的，薄薄的，像一枚枚特别的硬币。

中药产业园2022年11月开始投产，已建成中药材精深加工车间、药材初加工车间、食品包装车间。对于未来，药厂厂长张庆峰信心十足，他的目标是实现年产4400吨中药饮片及600余吨刺五加膏的生产能力。

刺五加是立了项的！既然立项，就要受到严格监管，就要有结果。不赚钱，是要受到国资委考核的。集团领导一年来好几次，亲自指导刺五加，怎么设计、施工，只要一开大会，都要提方正局的刺五加。省里领导也多次来调研，省农业农村厅、林草厅、农业大学的专家来了，一起规划这个蓝图。省森工集团一共23个局，唯有方正局有刺五加这么大一个加工厂，规模之大，在整个黑龙江还是空白，在全国都是屈指可数的。

机会前所未有，方正局抓住了。这些年，靠国家天保工程补贴，几个亿的钱注入进来，公益资金、管理费、管护费、社会职能、养老保险资金，一笔笔，一项项都有了着落，职工们能"吃得饱"了。现在的任务是，怎么才能让大家"吃得好"？多少年前，森工系统就"两危"了，上上下下一直在找"挣钱"的路。什么是路？"绿水青山"就是路，发挥生态优势转产转型就是路。有优惠政策，有地理优势，不抓住机会好好干，更待何时呢？不仅要好好干，还要把步子迈得更大，将来还要走终端深加工，到时候的药店里都有咱们的刺五加产品。

埋头耕耘的时光总是充满希望的，也必然是有风险和挑战的。未来的效益如何？还要受到方方面面的市场影响，产业就是这样，效益不会马上显现，也许三五年，也许七八年，也许是10年之后。领导走下去，给大家鼓劲儿加油："这是我们林业局的龙头产业，未来是咱们的支柱产业……"于是，职工们心里植下了两大精神支柱，一个是旅游，我们有鸳鸯峰。一个就是药材，我们有刺五加，有银杏叶，有寒地果树。

北方已经进入大雪飘飞的冬季，冬天来了，春天就不远了。2023年11月初，张庆峰带着团队出差，从哈尔滨上车到安徽亳州。出发前，每个人都把拉杆箱里塞得满满的，全部是产品的样品，赤芍、苍术、白鲜皮、刺五加、平贝每样一公斤。亳州是全国最大的中药材集散地，他们要把产品卖出去，把需要的原料买回去加工。

于是，在初冬的亳州，很多当地的药厂都接待过这样几位风尘仆仆的东北人，他们披着星星，顶着月亮，一家一家地走，热情地、专业地、不遗余力地向同行宣传自己产品拥有的四个"最"——最好的野生资源，最高的质量要求，最大的加工能力，最强的资金实力。关于这家主打刺五加的药厂，从企业规模到企业性质，从加工工艺到原料来源，再到产品稳定性，让更多人了解到了。

3天后，张庆峰和他的两位助手，又拉着箱子登上了去往河北省安国县的列车，那里是全国第二大药材批发市场。他们满怀信心，大步前进。

景是方林好

一

太阳照在三家村，到处都是暖洋洋的。

70岁的蒲保顺坐在小屋前的石头上，举着手机，眯着眼睛，不知什么精彩节目吸引了他，脸上始终是笑呵呵的。在他正前方的小菜地里,一颗挨着一颗绿叶白心的秋白菜长势喜人,一穗穗玉米棒子已经收回来了,铺成一块金黄金黄的长方形,几只溜达鸡脖子一缩一缩地在他脚边执着地啄着……

三家村,不在山脚下,不在山腰上,只在此山中。一排一排尖顶的小平房里,是林场职工家属住宅区,住着林场为数不多的老职工,也种地,也看林子,农林交错。其实很多人在山下的高楞是有楼房的,只是山里住惯了,不愿意走。

小村一共百十户人家,所有房子的结构都是一样的。我走进一户人家,外屋有灶台,里屋有火炕,火墙,地上有简单的家具。主人不在,两口子外出到另一个林场收庄稼去了,委托给哥哥看家。老哥哥就是正在看手机的老蒲。邻居都是住了几十年知根知底的老邻居,平时出门都很少锁门,与其说是看家,莫不如说是陪伴。夏天的时候雨大有汛情,林场干部挨家挨户敲门,组织山上的住户都转移到山下去。老蒲强待了几天,一看没啥事,又跑回山里来了。世界那么大,哪也不想去,相看两不厌,唯有这座山。

有一次,他手机刷到一段小视频,仔细一看,那不是咱方正林业局嘛!那不是咱高楞嘛!那不是咱红旗林场嘛!一处处办公区、居民区、街道、绿地,处处绿意盈盈,特别好看,像孩子们看的大片。要说全局18家林场,陈家亮子、沙河子、红旗、石河这4家是集团级标准化林场,另外14个是局级标准化林场。家家林场连成片,就是一个偌大的方正林业局。方正,方正,方方正正,大美方正。

老蒲是看着这片林子变老的。20岁那年,他从山东老家来找生计,当上了一名光荣的伐木工。每天上班,要翻过前面这座山,走1个小时到工作区。打枝、集材、归楞、装车,这些工作他样样都干过。爬冰卧雪是伐木工人的家常便饭,穿的是一种现在很少见的叫

"棉乌拉"的鞋，由于是雪中作业，鞋带一定要扎紧，否则容易冻伤。伐木是很危险的工作，需要很多经验和技巧。

有一种运材拖拉机，小名叫"爬山虎"，把木材捆好，再启动绞盘机，轻而易举就能把成捆的木材背起来拖走。"爬山虎"还是放倒大树的好手，在归楞装车时也十分给力。在更早时期，林业人更苦，相当一段时间，山上放倒的木头，都是靠人力、畜力拉，马车是很常见的，真是为祖国建设立下了汗马功劳。

伐木时最危险。选定树木，根据树的长相和当时的风向，判断树可能倾倒的方向，用斧头砍出三分之一的豁口，两个人各执大锯两端开拉，锯到三分之一处，喊山："顺山倒了嗨！""排山到了嗨！"哗啦啦，噼里啪啦，大树倒了，惊心动魄。

冬天的野外作业，饭盒里不能装做好的食物，会结冰冻住。一早，把食材装进饭盒带到工地，中午打开后，加水再放到火上一起加热。在没有任何可以遮蔽和休息的地方，围着火堆热饭的时候，是一天中最暖和的时候。

老蒲年轻的时候，放倒过特别粗的大红松，不知要多少年才能长成的。那时候，林子里到处都是刺耳的伐木声。先是手工大锯，后来用油锯，谁知道，伐着伐着，这么大的林子，树少了，山快秃了。

2014年4月1日，对林业人来说，是个特别的日子。从那天起，全面停止商业砍伐。自1895年开始的百年伐木彻底结束。所有人都放下了斧头，无论日子多难，都不再砍一棵树。林业人开始走上艰难的转型发展之路。那时候，老蒲才刚退休不久。

老蒲退休后，不用上班了，但是有一件事是每年还要做的。五一劳动节过后，雪化了，地湿了，就要植树了。拿着水桶和树苗上山，两人合作，一天能栽百十棵。过几天再来割割草、覆覆土，树苗长到一人高，就交还给大山，由它自然生长了。从二十岁到现在，蒲宝顺不记得究竟栽过多少树了，算一算，也有不小的一片了吧。他想，将来有一天，即便自己人不在了，这代人都不在了，树还活着，一片片新绿汇入苍茫林海，必定长成参天大树，留给子孙后代，成为镇山之宝。

二

每当游人经过，停下脚步向他讨教，老蒲便骄傲地往远处一指："去鸳鸯峰登山吧！""去响水河漂流吧！""尝尝新果子！"

沉睡了不知多久的大山开始热闹起来了。林业局和方正县合作打造了3000多公顷的景区。

景区刚开业那年，老蒲上过一次鸳鸯峰。孩子开车带着他和老伴上去的。通往红旗林场的山间公路上，汽车来来往往。鸳鸯峰海拔1357米，距离局址高楞70公里，车程50分钟。那里有一座古老的罗勒密山，只知"罗勒密"为梵语，"松针上的雪"之意。来过的人，都对这里的美景念念不忘，山高林密，奇石秀美，流水潺潺，山、水、林、石融为一体，走进大山，就好像走进一幅延绵不绝的壮美画卷。

老蒲没去过南方，但是听人说，这里与江南的名山大川比，毫不逊色。2016年12月，这里被国家旅游质量评定委员会评为4A级旅游景区；2017年8月，景区山间玻璃栈道建成，很快就成了网红打卡地。站在这座号称黑龙江省内最长的高空玻璃鹊桥上俯瞰，不仅可以将壮美秀色尽收眼底，还可挑战脚踏悬空，真是步步惊心。沿山而下，车行半个多小时便是响水河，年轻人在这里可以一口气漂流3个多小时，简直乐不思蜀。

要"动"有"动"，要"静"有"静"。在森林康养中心，高端木屋别墅贵宾区、星级宾馆区、普通民宿区一应俱全，依山傍水，空气清新，人在画中，亦是在童话世界中。

三

2022年8月18日，是北京小学生耿海月大开眼界的一天。这一天，她第一次来到传说中的大山大林中。在黑龙江省方正林区红旗林场内，她看见了白云飘、碧水流，青山葱翠、小桥蜿蜒，只要深呼吸一下，就能闻到雨后清新的空气和泥土混合草木的味道。

在这里，女孩第一次见到了有159年树龄的红松树，并且认养了一棵，要做它的"守护者"。在来之前，当她得知自己能参加"全国三亿青少年进森林"研学教育活动，要去黑龙江的大森林里去看看，特别开心。和她一样幸运的，还有10位小伙伴，他们向全世界的人们发出倡议，要"小手拉大手共护红松林"。森林是水库、粮库、钱库、碳库，是人类可持续发展的根本，天然红松林是森林中的宝石。"我们要像爱护自己的眼睛一样爱护森林，要像守护生命一样守护红松。"孩子们坚定地说道。

鸳鸯峰景区有一条精心开发的多彩森林研学线路，很多校园学生组团踊跃"上线"。孩子们在爬山过程中，能看到不同海拔高度上的不同植被。在一线天，由于多年地质变迁形成千奇百怪的石阵，爬山，成了一场很直观很生动的地质地貌教学。孩子们穿行在山林里，走在原始森林步道上，原始自然味道十足。一路上，乔木、灌木错落，野花摇曳，地衣苔藓遍布其间，还看见了各种小动物，森林之旅结束，许多孩子都意犹未尽，回到城市很久了依然念念不忘。这一年，方正林区被评为"国家青少年自然教育绿色基地"。

家在心安处

一

山路弯弯,一边连接高楞,一边直通山上鸳鸯峰方向。1972年,19岁的陈忠才高中毕业就随工程队上山了,任务正是修这条路。200多名小伙子住在山脚下的棚子里,早上天不亮就起来干活了,晚上天黑了才回来,两头看不见太阳,披星戴月干了很多天,都不知大棚的门朝哪开。

夜晚的小广场,静悄悄的。不下雪的时候,广场上人很多。主要领导关心的是,小市场那里的雪清没清完?每天上班,他都要开车在大路小路上转转,见都在清雪拉雪,放心了。

二

王男,1988年出生,2013年她大学毕业来到高楞工作。25岁的外地姑娘第一次看见了黑木耳种植基地。作为林业局宣传部下属广电局一名实习记者,她跟着老记者走遍各个林场采访"黑木耳"。局里有重要会议,必须当天新闻当天发。采访回来,赶紧写,没等写完,夜幕降临,楼下叮咣叮咣,开始扭秧歌了。

总算忙完了,一个人走在回家的路上,吱嘎吱嘎踩着积雪,迎面过来的行人一个也不认识,感觉挺孤单的。家,就是一间房子,房子是租的,顶楼。楼是刚盖完的,门前还没有铺路,出门就是大土包。屋里没有电视,没有网络,热水器也没有,只有一铺电热炕。广电局照顾新人,特意给接了条有线,装了个"大脑袋"电视机,进屋第一件事就是开电视,只为能有点动静。不然,地上掉根针都能听见。实在无聊,就下楼去雪地里走走,在雪上写几个字儿,就挂上耳机听伤感的音乐。然后,就是天天想家。

第四辑 美丽林区

三

方正局党委宣传部副部长王男的旧新闻采访本上，记下了2013年的一些高频词，"棚改"是其中之一。

她跟踪采访了轰轰烈烈的棚户区改造。住了两三代平房，习惯了靠烧柴取暖做饭的林业人，要上楼了。房子面积1平方米换1平方米，基本不用花钱。2011年的时候，这些楼区还只是规划图纸上的一个小图形，而今，蓝图已经变成了现实。一片片小区、一栋栋新楼房拔地而起，配套设施正在抓紧完善中。

如今的方正林区，一栋栋崭新的住宅楼如雨后春笋拔地而起；一条条宽阔笔直的街道整洁亮丽；一座座品位各异的居民小区令人流连……文化广场矗立中间，江畔公园、海棠公园、林海岁月主题公园围江而建，晨曦里，华灯下，林区的职工群众都会纷纷地在广场随着音乐翩翩起舞，跳广场舞的、扭大秧歌的、跳鬼步舞的，孩童嬉戏打闹的，一幅热闹祥和的景象，每一位林区的居民脸上都洋溢着幸福的表情，陶醉其中。

方正林区的变化是肉眼可见的，是变化非凡的，在"棚户区改造"起步晚的情况下，连续4年都是地化一尺就开工，冬至时节机器鸣，抢前抓早地完成棚户区改造任务，不断完善配套设施，将改造自来水、天然气、安装供热二级网净化处理设施、解决老旧楼供热不均衡、实施老旧小区道路亮化工程等一系列民生事项列入干实事的清单中，一项项民生实事、一项项暖心工程，真真实实地落地，让林区职工群众在共建共享发展中有更多的获得感和幸福感。

在变与不变中，看到方正林区民生、事业等发生的一系列变化，在不变中，看到的是方林人那种吃苦耐劳，勇毅前行的精神，从原来，到现在，依旧还是……

四

山里的冬天来得早，山里的雪比城里的下得大，高楞人"以雪为令"行动很坚决。领导带头、部长带头、党员带头，凛冽寒风之下，冰天雪地之中，人人内心热情似火，干劲儿冲天。

凌晨3点，天还黑着，清雪行动就开始了。在城镇环卫管理处统一组织下，人员、设备，全部到位，要"三先三再"，即先保安全，再保进度质量；先保通，再保畅；先清理重点部位，再清理边缘部位。清雪采用机械加人工，全天持续作战，从各主干街路到居民小区，雪不停，清不停，随下随清，人、机连续工作，中途吃一口饭就要立刻返岗工作。

当年只会伐木头的人们老了，过上了有退休金、有医保的安稳日子。在他们印象里，高楞地区的很多大事情好像都是在不知不觉中完成的。

人们永远也忘不了，2020年，林业局经历了一场史无前例，壮士断腕的改革。政企、政事、事企、管办"四分开"。现在局机关有一个部门叫"社会事务部"，是由曾经的11个科室合并而成。卫生局、政法委、信访办原有社会职能、中小学校全部移交给县里，检察院、法院的人就地消化。大浪淘沙，有人免职，有人退休，有人换岗，有人竞聘上岗，有人主动退出，原来370多人的局机关一下子锐减到140人。

接着，是又一轮国企改革三年行动开始了。

红彤彤的太阳照耀着高高的山坡，"政企合一"的时代彻底"翻篇儿"，"生态公益性企业"的新定位确立，生态建设的主责主业明确了。沉舟侧畔千帆过，病树前头万木春。最难的时候过去了，方正林业局迎来生机勃勃的新时代。

幸福是什么？幸福就是悄然而至的安全感、满足感。春天的时候，林业局领导班子集体研究通过的一张《方正林业局有限公司2023年民生项目清单》公布了，沉甸甸的。确保改革过渡阶段民生福祉不下降，把惠民生、暖民心、顺民意的工作做到职工群众心坎上，是林业局领导班子合力书写的新答卷。

春去秋来，所到之处，变化肉眼可见。180套休闲座椅摆上了，15栋居民楼脱落、损坏的外墙砖修缮完毕，1500平方米的自行车棚阳光板焕然一新，居民楼全部装上了自来水排污阀，不多不少正好125个，物流园区早市的基础设施改善了，8136平方米的荷兰砖铺上了。

小区绿化从未停止过。场址庭院、居民区、街道、公共绿地、防护绿地持续美化、香化、绿化，不止年年花开成海，还有一片青绿满山。2023年，方正局公司新增绿化面积1494平方米，新栽植乔木788株、灌木90墩、宿根花卉280平方米、绿篱632平方米、藤本9815株、播种草坪32810平方米，栽种营养杯花苗9000余株，走进"方林"，就是走进一处江南园林。

2023年夏天，全国多地发生汛情，收到暴雨预警的第一时间，林业局公司各级干部全部上山，挨家挨户动员群众转移，一天之内，3000多人全部安全撤离。

在这里，人和人之间，依然保留着当年"山里人"在采伐时期培养出来的淳朴感情。一根木头，靠一个人的力量是绝对扛不住的，大家一起喊着号子，齐心协力才能完成。当年的职工多是二十几岁的年轻人，本是来自五湖四海，正是这种一起吃苦挨累的紧密合作，培养了对这片山林的深厚依恋和浓浓的人情味儿。

江边储木场，一组用于运木头上船的塔吊高高耸立了很多年，早已失去原本的功能，化身为讲述老故事的特殊物件。晨曦中，华灯下，人们出来散步，松花江水波荡漾，江畔公园、海棠公园、林海岁月主题公园、文化广场点缀城间……一幅人与自然和谐共生的多彩画卷，在美丽林区中徐徐展开。每当夕阳西下，正是广场舞最热烈的时候。在中心广场，举办过一场又一场主题歌会。2022年8月18日，承办了"绿色中国行——走进美丽方林暨全国三亿青少年进森林研学活动"启动仪式，人民网、央视频、绿色中国网络电视等主流媒体进行了直播，收视人群达3005万人次。"3亿少年进林区"活动上了中央电视台。

五

近几年，高楞地区，出现了一股"候鸟回归"潮。日子好了，退休多年的老人们，又陆续回来了。曾任局领导的孙海，年轻时喜欢吹拉弹唱，是个音乐迷，后来由于生计所迫，很多年没有摸乐器了。唱林业人自己的歌，写自己的歌，是他心里埋了多年的种子。终于有一天，这颗种子发芽了。年近八十岁高龄的他，用了一年时间，收集编辑整理了一本厚厚的歌集《放歌林海、热爱家乡》，其中收录林区作者原创歌曲80余首，多数都是孙海谱的曲。那是令高楞人难忘的时刻，庆祝中华人民共和国成立74周年"放歌林海、热爱家乡"优秀原创歌曲演唱会上，民间社会团体共25个，200余人盛装上台，争相传唱林业之歌。歌声中飞出美好的旋律和燃烧的激情，在山谷中久久回荡。

八十多岁的老同志刘兴杰办画展了。一百多幅精心绘制的画，画的都是林业人的故事。从1958年建局，一直画到林业局的新时代，赏画就是一种时空的穿越。局刊创刊号从《山鹰》到《山百合》，一期期出刊了。《方正林区抗联史话》完成了。林区文化味儿越来越浓厚。

夏天的晚上,人们早早等着夜幕快点降临,他们吃完饭都往广场赶。露天电影马上开始了。退休干部刘清江的放映机已经支起来了,大屏幕也挂起来了,《林海雪原》《智取威虎山》《白毛女》《红色娘子军》……虽不知今晚放哪部,但哪部都好看!

电影开始了,前面银幕坐满了,有人就跑到后面,脱了光膀子,躺着看。白天的太阳把地面晒得热乎乎的,真享受。刘老师放电影不收一分钱,机器是自己买的,胶片是自己买的。只要人来,他就高兴。岁数大的为看电影,小孩好奇的是电影机,左看看,右看看,找声儿,找画面,有的调皮,就挡在前面,纳闷画面是从哪儿出来的呢?

一间车库改造成的小屋是刘老师的电影工作室,8台专业电影放映机,几十本珍贵的胶片是主人淘来的宝贝。35毫米的大胶片,是过去坐在电影院里看的;16毫米的小胶片,是广场放映的。有一部胶片特别珍贵,是1965年农业电影制片厂,联合黑龙江省劳动局拍制的,记录当年木材生产,纪念林业发展,有马永顺,有朗乡林业局。可惜,现在缺一本,他特别想有一天能找到。

两本比砖头还厚的画册《光影方林》摆在我桌前,4000多张老照片,翻着,就是走进了悠长的岁月。当年的储木场,当年的气象站,早已拆掉的龙门吊,如今变成了居民楼的老局机关旧址。局机关的位置一点点变化,有影壁墙了,外墙贴砖了,大楼前张贴标语了,楼前挂牌变成"管委会"了,又变成"有限公司"了。画册中大多数都是刘老师亲手拍的,从青丝到白发,刘老师翻山越岭给这个拍,给那个拍,用镜头记下自己热爱的这片土地。还有的照片是他一张一张收集的，有的甚至是花钱买的。很多人记得，两年前的刘老师像魔怔了，逢人就问老照片，很多人家的门都被他敲过。老照片留住了光阴，见证了旧址上变出这座新城。

六

大学生公寓里搬来新人了。这几年，林业局招了50多名朝气蓬勃的年轻人。来自辽宁省葫芦岛的小伙子小马就是其中之一。报到时，人力资源部部长亲自拎起他的拉杆箱送他去公寓，头发都白了的部长，不像部长，更像长辈一样。公寓处处井然有序，干净整洁。是两年前，为迎接他们这批新人，林业局抓紧装修的。

在南方大城市闯过的他，到了这里，忽然有了久违的暖心感。林业局搞产业，组织集体劳动，中午自己带饭，师傅们发现新来的小伙儿躲在角落悄悄吃凉面包，马上把他拽过去一起吃。他吃到了东家的炒土豆丝，西家的炒青椒鸡蛋，还有人带的红肠、散白酒。小马长这么大，还是第一次见识这场面，那是一种令人泪目的深情厚谊，他永远也忘不了。

2023年的五一，小马加班没回家。主管人才的副总经理知道了，特意准备一桌子丰盛的饭菜，请他来家吃。有人升职了，送行的饭桌上，三十多岁的大老爷们，说着说着就哭了。有个姐姐也哭了，小马自己也哭了。在他的心里，这种淳朴的感情很吸引人，让人不愿意出来。在高楞的每一天，这位学历史的辽宁小伙子，心里总是热乎乎的。他发现，人和人的心，在彼此温暖中慢慢贴近，自然而然地就融入了。

小马在办公室撰写材料时，每次读到林业局承诺的"改革过渡期，民生福祉水平不下降"这句话，他都心里一热，这样的企业是有责任担当、讲人情味的。他一下子找到了和爷爷奶奶那代人时常讲起的，20世纪80年代的生活状态，在浮躁薄情的社会，依然有真情在。

中国人就是这样，有很深的乡土情怀。高楞这名字，听起来土土的，当了解了老辈人累计为国家贡献木材1526万立方米，就不觉得土了，而是一种深深的骄傲。他想起了历史老师的话，历史，并不是记录所有，而是记录有影响意义和深刻内涵的点点滴滴。生活就是由这些点点滴滴组成的，就好像从小到大，自己吃过的每一顿饭，也许都忘了吃过的什么，但是它切实滋养了我们的生命和身体。

有一次，副总经理又请小马吃饭，就念叨："这小马啊，要是有个对象就好了。"小马嘿嘿一乐："报告领导，已经有了。"羽飞和小马已经恋爱了。

在我结束采访告别的时候，又传来一个好消息，林业局落实森工集团的"千人工程"计划（3年之内，招1000名大学生），表现优秀的张羽飞可能要升职了。在这里，新入职的大学生，受到了前所未有的优待。千方百计创造条件，留住人才，吸引人才。林业子弟呈现一股喜人的"回流"。这对于10年前的王男来说，简直是可望而不可即的事情。人人都说，年轻人赶上了好时候。

连小马和羽飞的家人都知道，孩子们工作的地方是个不错的地方，从高楞出发，入哈尔滨、牡丹江、佳木斯，只需一小时。哈佳快速公路、哈同高速公路、鸡讷公路、松花江航运贯穿，交通四通八达。他们还知道，这里涵养两江，屏障三县，沃野千里，益民百万。孩子们决定要在高楞定居，成为新高楞人。

宣传部李建义部长感慨地说："王男他们这茬小树苗长起来了，将来又是一片新绿。"所有年轻人们早已入乡随俗，亲切地把自己所供职的方正林业局昵称为"方林",在他们心里,"方林"亦是芬芳之林、大美方林。

踏遍方林人未老,风景这边独好!

问余何意栖碧山

车往山里走

王男出生在哈尔滨附近一个小县城,从小到大,每次去省城玩都挺兴奋的。在那里,有很多东西吸引她,不仅有高楼大厦,有车流如织,有霓灯闪烁,还有很多在家里看不到的新鲜事物。大城市就是好。

2013年的夏天很美,但是王男的心情却很复杂。这一年,她大学毕业了,曾经无限憧憬城市繁华的女孩,却要去大山里工作了。她买了一张去高愣的车票,孤身一人走在去长途车站的路上,双手紧紧攥着背包带,心里满是担忧和不安。未来,会是什么样呢?坐上车,窗外风景迅速闪过,周围都是陌生的脸,她满心惆怅与迷茫。

客车不解人意,很快就到站了。下车放下行李背包的那一刻,她不由得仔细打量这座小镇的模样。这个小小的高愣,既不挨着市,也不挨着县,环顾四周,除了山就是一条松花江。没有大商场,不见出租车,街道一眼能望到头,上面停着或者跑着"港田"车……

局址在高愣

不久后,在一张偌大的方正林区施业图前,女孩第一次觉到自己的渺小。她知道了,自己所站的方位,正是全中国最大连片森林的一部分，施业区跨三县，总面积20多万公顷，从浅山区到深山区，是日益茁壮起来的人工林、次生林、原始林；过去只在书上知道的水曲柳、黄波罗、胡桃楸、紫椴、白桦和大红松就长在这里，只在电视、手机上见过的东北虎、大黑熊、马鹿、野猪和狍子就住在这里，神秘的野山参、刺五加、羊肚菌、松茸蘑就藏在这里。而作为整个林业局的大脑中枢，高楞从诞生的那一天起，就是不可或缺的存在。

故事要从她出生前的很多年讲起。那时候，现在小于60圈年轮的树都还没有出生，山上是蓬勃生长的原始老林。新中国成立初期，由国家投资，在集中连片的荒野山地上建立了一批国有林场。1947年诞生的依兰林务所，到了1958年10月已经发展壮大为方正林业局，并由黑龙江省依兰县迁址到方正县。

老人们说，本来的局址并不在高楞，而是在8公里之外的大罗密乡。是有天意留人。

那时候，满山满谷都是坑洼不平的大洼地、烂泥塘。当年的搬家车队走到此地，已出依兰63公里，偏遇连天暴雨，满载物资的大车小辆接二连三陷在烂泥塘里。没有拖拉机，只有人、牛和马，实在走不动了，筹备组犹豫再三后决定就地卸货。从此，方正林业局正式挂牌开张。这个自古以来，前不着村，后不着店的地方，出现了帐篷和房子，升起了袅袅炊烟。至于，如今的"三横一纵"大路小路，平平展展的硬地面，都是后来人拉肩扛硬给垫起来的。

第一代创业者就是当年的"木帮"，天气越冷，越是他们的伐木黄金季。伐木工具是原始的"歪脖子锯""大肚子锯"，运木方式是自制的冰雪滑道，那是在山坡上凿沟灌雪冻成的，把一根根光条木头顺着滑道滑下山，再装船运走。天长日久，山下储木场堆满密密麻麻的木头垛，木材生产量一年年攀升，木垛成了全亚洲最高垛。夕阳西下，辛苦了一天的伐木人就地休息，水光山影中，享受着劳动之后的片刻放松。人们习惯称垛为楞，来来往往常招呼着，"上哪去？""上高楞去！""从哪来？""从高楞来！"不知不觉间，高楞的名字就被叫开了。

谁的泪在飞

2013年的第一场雪来得很早，山里的雪比城里的大很多。一夜之间，全世界披上银装，雪后的山色奇美。

夜深了，一个人走在加班晚归的路上，积雪在脚下嘎吱嘎吱地响。她把自己捂得严严的，帽子拉得低低的，耳朵上的耳机里流淌着伤感的音乐，路上一个熟人也没有。她伸出双手去接住一片片雪花，让它们在自己的手里一点点融化。她仰头望着空中洁白的雪花，随风飞舞，自由自在，令人羡慕。

"家"是租的民房，在江边一处新区。新的单元门前的路还没铺好，周围还是坑坑洼洼的土包。屋里的设施很简单，没有电视，没有网络，甚至没有热水器，不能洗澡。尤其到了夜深人静，躺在床上，只能听见自己的呼吸和心跳，仿佛掉根细针都能听得到。实在无聊，就自己下楼转一圈，在雪地里写几个字，对着月光下的长影子发呆。

幸福在当下

一转眼，入驻高楞大半年了。她发现，其实一切并没有那么糟糕，她已经开始慢慢地融入和习惯了。上班第一天，她跟着局记者站老站长上山采访，平生第一次见识了"长"在树上的黑木耳。当时全局18家林场都在搞"多种经营"，其中"黑木耳"是重点项目。带着满心好奇，她跑遍了山山岭岭，写了一篇又一篇"黑木耳"新闻。

那年夏天，她眼看着一栋栋崭新的楼房拔地而起。高楞地区正在轰轰烈烈搞"棚改"。住了几十年平房的林业职工一波一波上楼了，那是有上下水、通天然气的房子，家家户户再不用上山捡柴、劈木头绊子，像城里人一样生活。

第二年，王男的新闻稿里记录了一件破天荒的大事情。4月1日这一天，所有伐木用的斧头、油锯、马爬犁全部收起来了，林业职工刀枪入库，马放南山。从这一天起，延续了几百年的，以商品木材为目的的天然林采伐被全面禁止，黑龙江重点国有林区作为中国北部最大的"绿色屏障"开始休养生息。曾经雄壮的"顺山倒"号子，堆满木材的储木场，满载原木呼啸奔驰的森林小火车，变成了历史。

新时代来了，世世代代的伐木人摇身一变成了护林人。山上山下，大刀阔斧的改革开始了，"管委会"的牌子挂上了，一场场调研开始了，"生态""营林""林长制"一连串的新词儿高频出现了。领导天天在下面转，去山上，去河边，去养殖户家里，苦口婆心地讲，真心实意地帮，人人都在琢磨，怎么才能"在保护中发展，在发展中保护"，到处都是兴旺的。

有一年秋天，江边的中心广场建成了。晚上，人们有了休闲娱乐、散步遛弯的好去处。不久之后，高楞地区第一家电影院开业了，过春节也能看上电影了。又过了几年，街上有了比萨店、冷饮厅、大商场和很多的大餐馆。再后来，有人在菜店旁边开了一家健身房，服装品牌的加盟店也开张了。只要不是需求太高，足不出高楞，就能满足日常所需。

奇怪的是，再去原来向往的大城市，竟然有些不适应了。这人怎么这么多呢，挤得真闹心，出门打个出租车，又堵，心里自然而然地就想起了"我们高楞",花四块钱打个"港田",想上哪就上哪,不也挺好的?

她有了很多新朋友。大家一起工作,一起运动,一起劳动。再后来,她恋爱了,小伙子是高楞本地人,是个"林二代"。飘摇的心就像一株春天的红松苗,根须向下扎,枝丫向上长。偶有出门小别,高楞竟成了柔软的心事和绵长的惦念。

山里的空气真干净,道路真干净,人心真干净。冬天的室内永远是暖和的。天冷得早,就提前供热,天暖得晚,就延长供暖期。这世上,总有人走了很远的路去寻找幸福,可是找啊找啊,猛回头才发现,幸福就在触手可及处。

亲亲之人心

在这里,人和人之间有一种特别的亲。

采伐年代时,要把一根大木头抬起来,依靠一个人的力量是绝对办不到的,只有大家一起喊着号子,心往一处想,劲儿往一处使,脚踩一个步伐才能成功。正是这种同甘共苦的集体劳动,培养了一种至真至纯的情谊。艰苦的年代一去不复返了,这里的人们依然像老一辈那样互相信任、互相协作、彼此关心,这种感觉无时不在。人们一起上山植树时在,一起采银杏叶时在,一起扫雪时在,王男觉得,每次参加集体劳动都不止是一次汗水与力量的汇聚,而是一次心意的融合。

劳动的人们早上天不亮就出发,不管是机关的,还是基层林场的,人手一把铁锹,都是普通劳动者。到了中午,擦一把汗水,吹着山风,坐下来分享自带的家常饭菜,你尝一张我家的干豆腐、小葱蘸酱、我吃一口你家的饺子，午饭成了百家饭。秋天来了，满山遍野地挂满一串串红果子，500亩寒地果树都是林业局职工自己种的，自己挖的坑，自己栽的苗，每个人的汗水流在了一处，笑容和欣慰也凝聚在一处。

又下雪了。无论雪多大，天多冷，路面上永远是干净的。老百姓心里清楚，雪是"林业局上班的人"扫的。入职的第一个冬天，王男就加入扫雪队伍，她早已习惯了以雪为令。她总是在雪后的早上，早早起床赶往分担区与大部队会合，挥起铁锹扫把，铲冰扫雪，头上冒出热气、睫毛挂上白霜也不停手。她站立的位置是前辈曾经站过的，手里的工具是前辈们用过的。

那一年，高楞地区连降两场大雪。机关办公楼里有半个月没见到主管副局长的影子，请示工作都去清雪现场找人。从早到晚，年过半百的副局长在给翻斗子、铲车司机们分任务、开会指挥清雪，忙得顾不上吃饭和睡觉，一周后，路面上终于恢复如初，刚松了口气，第二天，又一场大雪来了……

改革后，不再具有社会职能的林业局依然默默承担着清雪这件"小事"，因为老百姓出行安全是头等大事，只要老天下雪，就不能坐视不管。看着大街小巷火热的劳动场面，退休多年的老人们连连点头："现在高楞人除雪这劲儿头，那是真有劲儿，真带劲儿！"

美美之高楞

"夏天的时候，我们的红旗林场都没有蚊子！"这是王男常和朋友们显摆的事情。

一簇簇独栋的二层小木屋像花一样盛开在丛林深处，红旗林场康养基地的山间别墅群，吸引了一波又一波的人们从喧嚣的城市跑来度假。上有蓝天白云，下有繁花绿草，往前走，是亭角飞檐，连廊回转。不远处，是清凉凉的小溪流水潺潺。走上小桥驻足远望，放空大脑，拥抱自然，宠辱皆忘。早上中午晚上，随时随地，扑鼻而来的是天然草木香，夜幕降临，抬头即见的满天星星，这不是天上人间吗？这不是世外桃源吗？就连常去三亚喜欢看海的人，都在这里流连忘返了。

大森林不就是一片海吗，它足够宽阔，足够包容，足够盛大。一个人可以远离拥堵，无拘无束畅行期间，像一滴水尽情地漂浮在松林、灌木和岩石的海洋里，成为一棵树，汇入树的海洋，听鸟儿叽叽喳喳地唱歌，听树叶刷刷地在耳畔低语，俨然一场神奇的催眠和治愈。难怪有人说，每株被善待的树都是绿色银行，一片林就是千金难买的绿色宝库。

出红旗林场不远，便是那组早已名声在外的鸳鸯峰。家门口的风景之美，不亚于南方名胜。游客们玩兴正浓，他们兴致勃勃地顺着步道，走上吊桥，过玻璃栈道，走一线天，因为这里步步是景。距离鸳鸯峰景区9公里处，是被誉为"龙江第一漂"的响水河漂流，有自然河道，有人工水渠，有彩色滑道，想怎么玩就怎么玩。景区一个接一个火起来了，升级为国家4A级景区，成了"全国生态旅游康养最佳目的地""国家青少年自然教育绿色基地""省级青少年自然教育绿色营地"。王男和所有山里人一样以此为骄傲。

魅力之方林

2022年夏天，林业局的职工公寓楼里热闹起来，新入职的50多名大学生高高兴兴地搬进来了。他们有的是本地职工的后代，也有的和王男一样是纯纯的外地人。他们第一时间和家长视频，通报自己在新单位所受到的优待。室内墙壁雪白，床铺干净，管理有序；早饭是免费的，洗衣机、冰箱、热水器都是免费的，住公寓也不花钱，工资有额外车路费补助，个人成长有绿色通道。

他们告诉爸爸妈妈，森工集团搞了三年期的"千人工程"，下了很大功夫吸引人才回流。这对于10年前的王男来说，是可望而不可即的事情。年轻人有福了。家长们放心了，孩子工作的这地方不错，民风淳朴，待遇优厚，交通便利，从高楞出发，入哈尔滨、牡丹江、佳木斯，只需一小时就能到达经济圈。孩子们说，他们哪也不去了，就在山里定居，做新高楞人、新方林人。

我心之安处

时光荏苒，伐木工人们老了。在他们看来，很多事情好像在不知不觉中就完成了。天保工程一期之后，整片林子开始受到保护，天保工程二期之后，林业工人的工资收入大大好转，接着又有了天保三期工程，一轮一轮的改革悄然进行着，林业局最难的时候熬过来了。

春天的时候，林业局领导班子集体研究通过的《方正林业局有限公司2023年民生项目清单》公布了，中心思想就是一个，确保改革过渡阶段民生福祉不下降，这是决心和底线。幸福是什么？幸福就是悄然而至的安全感、满足感。

红红的太阳一次次从山上爬起来，又落回去，高楞的面貌焕然一新。

局址绿化不断提档升级，各林场的场址庭院、居民区、街道、公共绿地、防护绿地持续美化、香化、绿化，桩桩件件，可触可感。是冷是暖，人心自知。良好的生态环境是最普惠的民生福祉。

高楞，越来越美。

作家、诗人们来了，热爱大自然的驴友背包客来了、退休老职工自己的画展办起来了，退休干部自己出钱把老电影放起来了，中心广场，一场场群众歌会唱起来了，全国各地的小朋友们来山里参加"绿色中国行——走进美丽方林暨全国三亿青少年进森林研学教育活动"，活动启动13年来，第一次走进重点国有林区。这几年，高楞悄然涌动着一股"候鸟"回归潮，很多老人从外地纷纷回来养老，日子好了，再也不走了。

到2023年8月，王男来高楞正好10年，这是她成长的10年，也是高楞的非凡10年。当年那个偷偷抹过眼泪的女孩，如今已成为林业局党委宣传部副部长，她的爱人在红旗林场工作，女儿也上幼儿园了。她带着团队干劲儿十足，年复一年，发自内心地讲着日新月异的高楞故事，宣传着大美方林。

周末的傍晚，幸福的一家三口走在江畔公园的粉红色塑胶步道上，清风徐徐吹过来，金色阳光洒满美好人间。女儿牵着爸爸妈妈的手，用稚嫩的童音背诵了一首古诗："问余何意栖碧山，笑而不答心自闲。桃花流水窅然去，别有天地非人间。"

王男不禁心有戚戚然，莫非千年前的诗人已懂得今天高楞人的心了？

第五辑 美丽乡村

她最喜欢的一首歌
是《怒放的生命》
在村里的每一天
荣书记都用尽全力点燃自己
化成一团热烈火焰
捧出一份火热赤诚

月亮悄悄爬上来
董书记办公室的灯还亮着
这是他驻村的第 1143 个晚上
夜空深邃
偶尔传来几声犬吠
乡亲们正枕着
日渐稠密的笑容入眠

我想要怒放的生命

一

2019年1月1日，新年的太阳把光辉洒向大庆市林甸县东南四季青镇一个叫宏丰的村庄。

五保贫困户刘桂英院里的小黄狗欢快地迎来一个女子，它像老熟人一样向她友好地摇着尾巴，表示问候；80多岁的贫困党员刘海家门被轻轻推开，他和老伴怎么也没想到，新年第一个走进他家的是这个风尘仆仆的女子；患有脑瘫重度残疾的李雪，躺在炕上发着呆，她那正忙着往灶坑里凑柴火烧水做饭的母亲乔丽杰，一抬头，不由惊叫："荣书记，这大阳历年的，你咋来了？"

30日、31日、1日，元旦3天里，200多户村民家里都来了这位特殊又熟悉的客人。

村村通公路上，一辆大吉普不知疲倦地从一户房头驶向另一户小院儿。车轮碾过6个自然屯，17条水泥路，GPS定位正好划出了一幅全村贫困户和党员的分布图，那上面有28个小圆点，52颗小红星，都被女人重点标注过，在她心里，小圆点代表着贫困户，小红星代表着党员。

数九寒天，车的主人没舍得开暖风，方向盘像一把冰镇过的铁圈，冰得她直搓手。

女人目光坚定，大步流星，一双厚墩墩的平底黑棉鞋被她踩得脚下生风。这风暖过一家家的门槛,人们送出院子,站在当街张望,看车子走远。他们家墙上贴着她和她伙伴们的名字和电话,他们知道,她是党派来的,他们认定这个人是自己的贴心人,是给他们办实事的人,是能带来好事的人。

他们听她的建议,把房前屋后小菜园种了不上农药化肥的小米,卖了好价钱;他们家养育的狮白鹅一只能增收 50~100 元;他们家重病的人,她帮忙联系哈尔滨的大医院;办理的健康保险,得到了理赔。

这个女子,叫荣丽颖。一年前,她还坐在省人大农林委林业水利处处长明亮温暖的办公室里,忙得风风火火。2017 年 6 月 1 日,她从省城哈尔滨来到宏丰村,当扶贫工作队队长。在省直单位扶贫干部的名单中,她是唯一的一名女性。

傍晚 6 点半,天彻底黑了,下起了小雪,车子的雨刷器一荡一荡地扫着,车子慢慢爬行。终于,她拖着疲惫的身躯回到驻地。

她开灯,开电暖器,点炉子,给自己做点儿粥,开了一瓶罐头犒劳自己,迎接新年。这 3 天,她把全村所有在家的党员和贫困户全部走访了一遍,心里踏实了。粥喝了几口,眼皮就开始打架了,不知不觉,她枕着不远处全村人的鼾声入眠,睡得很香。

月明星稀,万籁俱寂。村委会院内偶尔传来几声清晰的狗叫声。工作队的旗帜在夜色中高高飘扬,院内公告栏里有一张"全市优秀驻村干部推荐表",荣丽颖,她名字后面跟着一串串关键词:"博士""海归""省人大优秀公务员",似乎跟这位穿着厚棉服、大棉鞋,脸上没有精致妆容的女人并不搭界。

然而,那个荣丽颖,就是这个荣丽颖。

二

2019年1月3日，我跟着荣丽颖去村里串了一个门。

那是一栋崭新的房子，女主人坐在炕沿儿上，安安静静。见荣丽颖来，她亲热地迎过来，柔声细语地让座，又紧挨着客人坐下，笑呵呵地眨着大眼睛，任凭荣丽颖拉着自己的手，四目相对，两个人眼里都流露着说不出来的热乎劲儿。

她叫衣成荣。谁能想到，一年多以前，她还是一个重度精神分裂患者，把所有人都想象成要害她的"坏人"。她独居的小泥草房门口，布满了钉子、菜刀、棒子、凳子做成的"滚木礌石"，时刻保持"攻击"状态。那时，她满口脏话，疯疯癫癫。大冬天，她一盆凉水把自己亲大哥浇出去；她一棒子打跑了来收电费的；在外打工的亲儿子也被她骂得哭着跑了。所有人，都躲她远远的。

荣丽颖耳朵里被灌满了村人的话："一个疯子，你管她干啥？""管管别人还知道感谢你！"

可是，她也是个人啊！她的小破屋岌岌可危，一旦倒塌会伤人的。她的病情严重，对人对己都不安全。身份证、银行卡各种手续拿不出来，泥草房改造、托牛入场、托猪入场的优惠都享受不了，政策再好，不执行到位就形同虚设！

"衣成荣"三个字如千斤巨石压在荣丽颖心里，夜夜难安。

她横下一条心，无论如何危险都要见到这个疯女人。难，才要攻坚！

一年后再回忆当时，她说："很多人不让我去。我就想，无论如何得见到她本人，亲眼看见她是什么情况，她能怎么着我？她骂我一顿，侮辱我几句，吐我一脸，抓我几下，但能打死我吗？我找个村民作伴'壮胆',她要真跟我撕巴起来,他怎么也得帮着我吧?"

2017年9月22日,人见着了,在门口,家没进去。见了这一面,荣丽颖心里有了八成底儿:肯定是精神有问题。那一刻起,她心里飞速盘算,怎么办?怎么办?

千头万绪,一个线头一个线头往外抻。从省农信社,捋到市县公安局,捋到市县,电话、微信、短信、车、双腿,全部高效运转!终于,证件补齐了,钱进卡了。

然而,精神病人的救治问题,依然是"硬骨头"。荣丽颖又一头扎进精神卫生法领域,找国家的条例、黑龙江省的条例、地方的立法,什么情况,归谁管,该找谁,怎么找?从省卫生厅到市里县里的卫生局,这个女人,犹如贫瘠黑土地上一把顽强的耕犁!

她不停地跟时间赛跑。2017年12月1日凌晨,寒风彻骨。整夜未眠的荣丽颖带着各路人马早早就位,千方百计把"顽固"的衣成荣"诱"出那间小破屋,和另外一个精神病人李凤军一起送上车。找熟手开车,抄近走荒道,争分夺秒在8点之前到80公里外的大庆市第三医院,与之前联系好的医务人员会合,然后办住院、鉴定。

"你看,洗完澡后,干干净净,利利索索。"荣丽颖给我看衣成荣、李凤军就医前后判若两人的照片。

"吃有了,穿不愁,住房安全了,得到救治了,还能盖房子了。"一个死结打开,所有疙瘩全都迎刃而解!整个过程,像打了一场漂亮的闪击战!这个冬天,两个二级残精神病人都冻不死了,也饿不死了。老百姓,再不用担心他们哪天点火烧了房子了。荣丽颖能安安稳稳地睡个好觉了。

可是,政策落下的"最后一公里"也是最难走的"一公里",事情远远没有结束。

治病是要花钱的。钱从哪里出？有哪些补贴？国家对此有些什么政策？荣丽颖去请教省残联。说起这些，她有点儿激动："政策放在那，得有人去研究啊！"

"这都是早该干的，但正因为人家不明白，才要帮他们！"

上网查，找人问，多方打听，细细梳理，荣丽颖扳着指头数出了几笔钱：一是基本医疗保险；二是大病保险；三是民政救助；四是卖地；五是托牛入场；六是托猪入场；七是贫困户入院可以先诊疗后付费，不用交住院押金，还有一部分减免。

"把这些政策研究透了都能用上！"

住院10个月，衣成荣只花了4753.84元，"医疗三重保障线"起了大作用，荣丽颖这"最后一公里"功不可没！事后，她不无感慨地说："不当成自己的事儿，就整不动。"国家有那么多好政策，要懂，要通，还要敢于碰硬，要把"一公里"化成无数个"一百米""一米""一厘米""一毫米"，攻的就是这个坚！

国庆节前五保户李凤军转康养，衣成荣治愈即将出院。出院当天，荣丽颖亲自开车把衣成荣的大哥、儿子、前夫都拉上车"组团"来接她。大病初愈的衣成荣，归心似箭。换下病号服的她，穿着荣丽颖送的新衣服新鞋子，捧着荣丽颖带来的月饼，她想起几个月来无数次这位荣书记大包小包来看自己的情景，她觉得她像自己久违的亲人，让人踏实、安全。

衣成荣的眼里全是笑意。她心里明白，就是这个女人，帮她拉回自己的前夫，喊回自己的儿子，让一家三口破镜重圆。大年三十晚上，她把合家欢乐的视频发给荣丽颖看，而荣丽颖觉得这是对自己最好的奖赏。

元宵节的晚上，荣丽颖又拎着汤圆来了。她惦记衣成荣一家人开春种点什么经济作物，儿子长大了，是继续念书还是找工作，衣成荣的丈夫说："姐，你放心，我再不会放弃她了。我出去打工挣钱，开春回来把家里园子收拾好，让成荣在家。"荣丽颖语重心长："兄弟，老婆孩子热炕头，打工挣钱收拾家，日子一定能越来越好！"

病治好了，危房改造了，安全水吃上了，医保、民政、残疾一项项政策都落实了，打跑几年的儿子回来了，离散的亲情弥合了，离婚多年又破镜重圆了！

深夜返回驻地的路上，荣丽颖的心情像夜空中绽放的烟花一样美丽。

三

荣丽颖一直感念她遇到了那么多好人帮助，可好人们却说，是被她打动的。

2018年10月17日，国家扶贫日。这一天，省广播电台如常播放着扶贫公益广告，很多行车的人都听到了一个优美的声音，她就是荣丽颖。

与此同时，一位省著名心脏外科专家恰好在两台手术间隙接到一个电话，对方说："院长同志好，我是省人大机关驻扶贫工作队队长荣丽颖……"她慕名而来，只为村里一个刚出生50多天的亟待心脏病手术的婴儿。

好人，总是有好运。好人，总是碰上好人。

12点40分，下了手术台的这位院长，没有片刻休息，直接带领团队赶去儿童医院重症监护室……荣丽颖提到这件事，满是感动："那么大一个专家、那么忙一个院长，跟我素不相识，只因我做的扶贫工作，就热情支援，跨院来会诊，连口水都没喝啊！"

因病情复杂，紧接着，这位院长又安排了第二天早上在哈医大一院重症监护室再次会诊。荣丽颖从村里赶回哈市见到了院长本人。他握着她的手由衷地说道："你是真扶贫啊！"

一团火，点燃了越来越多人的热情。

12月7日，这位院长带领志愿者团队到林甸县下乡义诊。紧接着为村里协调捐款5万元！正是用这笔钱，荣丽颖为建档立卡贫困户和村民办理了健康保险，惠及164个村民，目前已有多人受益。

2018年，哈医大一院、中医药大学、省人社厅博士后医疗专家团队先后两次来村义诊，送药价值2万多元。

2019年元旦，哈医大附属第一医院院长助理金钰给荣丽颖发来短信："荣书记，我们在总结年终工作，我回顾了您和村民们之间的事情，对您的敬佩真的更加多，更加发自内心！您为村民们做了太多，为打赢脱贫攻坚战奉献了太多！突然和您说这些有些唐突，但是真的按捺不住心中的敬仰之情！"

她不止一次跟我说："别写我，你写写他们。"

"他们"是治病救人的哈医大一院心脏血管外科志愿者团队、大庆市第三医院。

"他们"是捐赠44.6万元，为镇中心小学修建4500平方米操场和足球场，送3名教师到上海培训的省证监局、上海证券交易所。

"他们"是北纯公司，在村里建起千亩红小豆种植基地，签订百吨订购合同，捐赠10万元红小豆产业发展启动基金，首批购买村里

25吨红小豆并且已经走上了"京东"。

"他们"是省林草局，重点支持林甸县增加生态林业员补助资金58万多元、用植被恢复费100万元支持宏丰村异地造林。

"他们"是大庆市人大的亲切关怀和支持。

"他们"是省人大干部培训中心、中医药大学、江海证券公司食堂和众多爱心人士，购买了村人30万元的农产品。

"他们"是东北农大、八一农大、省农科院栽培所，为村里捐赠5万元农资、设备，引进玉米科学实验田、东农252优质高产大豆、小园谷子，实实在在的项目让村人增收。

"他们"是给宏丰村帮助的林甸县移动公司、电力公司、金秋幼儿园……

无论是普通干部、高级官员，还是专家、教授、企业家，他们都被荣丽颖打动。因为荣丽颖，宏丰村的乡亲们，被越来越多人挂念、帮助和支援。

……

"我在外打工，本和她不认识，她却救了我爱人的命。我这辈子没欠过谁的情，可对她，我无以回报。不用吃饭，不用喝酒，不用送礼，却帮我办了天大的事儿，像这样的人太少了。"村民杨小宇说。他媳妇儿刚做完白血病骨髓移植手术，这场大病给一个普通家庭捅了100万元的大窟窿，至少三分之一是荣书记帮忙想办法解决的。紧接着，他4岁的女儿全免入园，他母亲给村里打一份小工，荣丽颖一件一件办，从未声张。

"她给了我全家一条活路。"

"我希望她这样的人,有实权,多干几年。我想好了,以后不管她号召啥我都跟着干!"杨小宇说出了心里话。

四

村子有多大?地有多少?荣丽颖用脚量过了。

跟村两委起早贪黑一个星期,每个地块逐一实测。

2018年9月2日,早上6点,她开车拉着村支书老吴、村主任肖二哥,带着队员杨佳霖、朱松岩,早早向明龙路东的五屯出发。轮胎碾过一个又一个垄沟,汽车颠成了马车。

从最西北边开始进行玉米、大豆生产者补贴测量,地的边界有多远,车就要走多远,步子就要走多远。田间路上蒿草高过车盖子,"青纱帐"里热气蒸腾,饥饿的蚊子成群扑上来。

往屯南走,车子深陷在泥泞中抛了锚,等村民开大马力拖拉机来救援。

宏丰村有6个自然屯,这个五屯有2000多亩地,20多户种地,许多地被紧挨着的同乐村民包去。地,被一块一块隔开,要多绕出很远才能测量完。

当晚,她写道:天阴,有零星雨。知道五屯地的边界了。10点多量完五屯地。太累,午休。下午一点半去三屯,开始落雨点。从西边明龙路边量,然后向东,雨点密了,打湿了登记本,没办法记,下不了地。

全村人都认识她这辆顶风冒雨的大吉普,并戏称之为"大篷车"。这台车从省城宽大公路驶来,每天从早到晚在村道上打磨磨,后备厢里装着一卷子扶贫宣传条幅,最多塞下过8个村民、1000多斤红小豆，上山下乡，爬垄沟、走田埂、滚泥坑，无所不能。一启动就哼哼作响的发动机，明眼人都看得出这车被造得够呛。

没有车太不方便了。油钱，工作队经费能解决一部分，但至于车的折旧、损耗，不能计较那么多了。她说："我需要时间！"

荣丽颖的时间都去哪儿了？笔者读到她两则普通的工作小记，当然，这只是沧海一粟。

2018年12月13日　周四

1. 继续帮村完善党建档案。

2. 早7点半至晚6点，于加工现场见证北纯公司订购宏丰村合作社首批25吨红小豆质检验收。

3. 联系给中医药大学、江海证券（省证监局协调）帮助提供消费扶贫订购的价值7.89万元和1.53万元的农产品加工、贮存、运输、开具发票等事宜。

4. 继续协调办公厅有关部门尽早明确消费扶贫订单。

5. 回复县有关部门待有时间再提供有关材料。

6. 协调村民有关扶贫健康保险理赔事宜。

7. 完成麻籽收购工作。

2018年12月14日　周五

1. 早7点半队员杨佳霖去县参加脱贫攻坚知识考试。

2. 8点去加工点与北纯公司来人会合，加工验收完余下5吨红小豆，装车发运。

3. 上午队员朱松岩帮村党建助理继续完善党建档案。

4. 上午联系会计给中医药大学和江海证券开发票（买贫困村农产品＝消费扶贫）。

5. 中午询问农户当日农产品出售意愿。

6. 午饭后联系加工点清粮。联系屯长通知农户到指定点清粮。组织联系短途搬运、长途物流。晚6点，将4900斤粮食送至林哈物流。

7. 上午发运25吨村北纯订购的红小豆，傍晚发消费扶贫的农产品。

扶贫，没有捷径，没有坦途，只有一件一件去做。工作队统计一张小小的保险单，就要挨家挨户走好几遍，眼睛花不识字的，年纪大脑子慢的，一个身份证号报上来，都会五花八门错很多。一个迎检，不只要考虑档案材料，还有入户走访、座谈交流。春种秋收，立项跑落实，更要时间来验证，只有时间不骗人。

荣丽颖说："不然，人家凭啥信任你？"

"想法再好，不到火候，就闷不热做不熟。"

2019年林甸县要脱贫摘帽，要干的事儿太多了。最容易被村人挥霍掉的是时间，而她最缺的就是时间。

新年伊始，全省各电视频道滚动播出《省驻村扶贫工作队公益广告宣传片》，千家万户都能听见荣丽颖发自肺腑的声音："脚踏实地，才能走进百姓的心里。"

五

每当看到村里的孩子，荣丽颖就会想起自己十几岁的女儿；看见村里的老人，也会想到自己的老妈。可是，一年多以前，她把女儿交给了学校，把老年痴呆的老妈托付给了姐姐，而她像个战士一样奔赴了战场。

她很关心队员。驻村第二年冬天，她力主把工作队驻地的取暖"煤改电"，安上了水循环电热炕，把小兄弟松岩从起炉灰、取柴、烧炉子的灰头土脸中解放出来，让心脏不好的佳霖住得暖和。

2018年12月11日，村里第一批25吨红小豆订单装车。干完活，她请哥儿几个吃热面条。然后订了第二天早上6点40分回哈尔滨的大巴。

已经好几周没回家了，她睡不实，不到4点就醒了。

她6点半到了林甸县客运站，把车停放好，坐上了大巴车。开车回哈尔滨往返要好几百元，虽然工作队给村里争取了几百万扶贫资金，但工作经费有限，对自己必须要省。

车行3个小时到哈尔滨，再倒车1小时到家。家里一堆事等着，还要去看看老妈。

我受大庆市委组织部和市作家协会委派要去村里采访，她微信里嘱咐我："乡下不比城里，乡下地寒，得穿厚鞋棉裤，卫生条件不那么方便，穿禁脏的，不能那么光鲜靓丽了。"她还邀请我住几天，说："不住下不知基层。"

1月2日下午，在村部会议室，我见到了荣丽颖，她忙得像一个陀螺。当天晚上9点，在工作队驻地，我挤在炕上旁听他们开会，队员杨佳霖重感冒还没痊愈就归队了。

村党支部书记吴爱军，热情地提起工作队这一年干的20件大事："嗯呐！她可能耐了！净给俺们办实事儿！"

村卫生所跟村部在一个院里。在女医师冯丽萍的印象里，荣丽颖特别忙。她还记得2017年7月，她来过一回，一测血压，低得吓人。她晕晕乎乎在村办那张小床上躺了一小会儿。她哪里知道，那时候，荣丽颖刚驻村不久，要精准识别贫困户，每家不走个十遍八遍，都找不准家门。身心俱疲，不是一般的消耗。

工作队最初住在村办公室里，2018年春才从四屯租房搬到新驻地。荣丽颖邀请我跟她凑合一晚，我四处张望，犹豫地问晚上上厕所怎么办？没等我说完，她变出一个小塑料盆，说："就用它！"

睡觉时，我万万没想到，她只有一套铺盖。她把自己的褥子抽掉一层给我做了褥子，把唯一的枕头让给我，把自己的棉裤卷成卷，铺上衣服做了个"枕头"。她又抖出一条真丝方巾，叠方正盖在"枕头"上。我发现，那是品质极好的桑蚕丝巾，光洁绚丽，轻薄柔软，上有一大朵水彩渲染的鲜花图案。此刻，它落在粗糙的农村的炕上，在白炽灯下熠熠生辉！

深夜，我俩躺在热炕上，一股暖意涌遍全身。

她一指炕头那件红衬衣说："我喜欢真丝的衣服，可在这儿穿着不方便，开会时偶尔上上身。"

荣丽颖有两部手机，电话经常此起彼伏，内存时时告紧。她毫不犹豫删掉了"俄语诗词大会"和"舞群"等多个群的上百条信息，这两样都曾是她心头爱，她冲我一乐："真没时间看了。"

春节期间闺蜜好不容易逮着她，看她的眼神儿就像不认识她，心疼地说："你看你皮肤那个粗糙啊！"她毫不在意地说："每天那么多事儿等着我，把指甲修那么精致，再穿着高跟鞋扭扭搭搭，还怎么干工作啊？"

"我什么也不缺，也不想要，只想要他们都过得更好！"我知道，她说的"他们"就是那些跟她素昧平生的村民们。现在的她，心里只有"他们"。

深夜，我们两个女人，彼此枕着鼻息，敞开心扉，彻夜长谈。

她望着房顶，眼里有光一闪一闪："我的内心有一个激励，刚来驻村的时候，主管领导鼓励我好好干，还调侃我说，争取将来见到

第五辑 美丽乡村

习近平总书记。"

她一翻身,认真地看着我说:"你知道吗?我真想有一天能见到习近平总书记,我特别想向总书记敬个礼,告诉他,我没有辜负他的期望!"那一瞬间,我好像听见了她怦怦的心跳声。

历经岁月风霜,荣丽颖的目光依然清澈明亮。我仿佛看见她枕下那朵高贵的花,每一个花瓣都用尽全身之力展开、绽放,开成一团热烈的火焰,燃烧着一份灼热的赤诚!

我久久难以入眠,耳畔一阵阵响起荣丽颖喜欢的那首《怒放的生命》——

> 我想要怒放的生命
> 就像飞翔在辽阔天空
> 就像穿行在无边的旷野
> 拥有挣脱一切的力量
> ……
> 我想要怒放的生命
> 就像矗立在彩虹之巅
> 就像穿行在璀璨的星河
> 拥有超越平凡的力量
> ……

除夕夜，想那些"穷亲戚"

春寒料峭的晚上，董洪涛睡不着，想他那些"穷亲戚"。

此刻，他跟他们同在离大庆市区百公里以外的东胜村，这里有70户人家136口人还深陷贫困。

寒来暑往，两度春秋，他跟他们一起过元旦、春节、元宵节、劳动节、中秋节、国庆节，不知不觉，工作日志里记下了那么多平常又不平常的日子。

夜深了，他躺在炕头上，枕着胳膊，愣神儿，想，此刻他的这个村儿。已经出正月了，过年时的村里的鞭炮声仿佛还在耳边，眼前依然有烟花一团团升起，夜空成了一幅画，好美。家家户户都贴着春联，门口高挂着红灯笼，修缮一新的屋子里炉火正旺，老人孩子们团团围坐看春晚，吃团圆饭。

那满屋子的春联福字，是他亲手写的。词儿都不一样，是他仔细想的。为了准备这份小礼物，他和队员老郭、小林忙活了好几个晚上。他俩一个研墨，一个蹲在地上摆晾，董洪涛饱蘸激情，运笔如风，写了一幅又一幅，每个字都灌注了掏心掏肺的祝福。他希望他们过得好，每一天，每一年，每一户，每个人……那些"吉祥""好运"重重叠叠，整整铺了一地，然后，染红了整个村庄。

从16岁开始练习书法，董洪涛写过无数张字，获过一些全国大奖，可在那间驻村办公室，冻着手，冻着脚，写出的这些贴在老百姓门上的字，是他这辈子最满意的作品！不知为啥，董洪涛就觉得这些字被他们的手和乡亲的手同时抚摸过，被他们的眼睛和村人的眼睛同样深情注视过，就浸透了不一样的东西，有情义，有神韵，有惦记……

暮色深沉，红灯上"东胜村驻村工作队"几个字特别醒目。这栋房，那栋房，这片屯儿，那片屯儿，家家户户，星星点点，有点儿像传说中的雪乡。灯笼映红很多笑脸，有皱纹深深的，有稚气未脱的，有血气方刚的，有贤惠美丽的，老乡们眼里都闪着一颗红星星。全村2800人，眼里就有2800颗红星星。

记得小年儿之前，全村男女老少排着队来领灯笼，天寒地冻，董洪涛和队员忙得饭都没吃上，真累啊，可是看见大伙儿那高兴劲儿，就觉得值得。

在外打工的、上学的孩子们都回来了，大伙儿说，这两年村里有点儿不一样了呢。村北头铺了一排排闪亮闪亮的吸光板，据说这个叫作"光伏发电"，村里人用上便宜电了，还能赚上零花钱。

他们发现，村口大田地边围了起来，听说又要开发稻田了，明年一准儿能有好收成，卖个好价钱。

他们知道，这些事儿都跟董洪涛和他的工作队队员有关，没想到他们真的住下了，给村里人做事儿，帮着解决愁事儿、犯难的事儿，对贫困户好，对五保户好，对村民好。

来村儿第一天，董洪涛就觉得这里的人们似曾相识，好像是他已经过世的父亲，好像是他每天劳作的老母亲，好像是他骨肉相连的兄弟。他们擦汗的样子，卷旱烟的姿势，唤鸡鸭的声音，端碗喝粥的习惯，都像。董洪涛还听到了他们病中的呻吟和叹息，看见他们被生活压出的一筹莫展的眼泪，他们扎进他心，令他睡不安稳。

"我也是农民的儿子啊！"寒窗苦读，奋力逃出了贫穷。当他多年以后，坐在机关办公室里忙碌的时候，眼前还时常出现那些佝偻的身影，依稀听见父亲病中的咳嗽。那一天，他毫不犹豫地报名去一线扶贫，当他郑重填上自己的名字"董洪涛"的时候，冥冥之中心里好像有谁在唤自己回来。

人的一生，多么短暂。不知不觉，董洪涛驻村第551天了。2017年9月18日，他正式成为东胜村第一书记，那时候，他跟村里所有人都不认识。乡亲们哪里知道，在大庆市直机关工委办公楼里有这么一个人，会跟他们未来的日子有些瓜葛，而董洪涛甚至都不知道在林甸县四合乡还有这么一个被贫困包围的村子。

此刻，他特别特别想让自己变得再强大一点儿，有三头六臂，能呼风唤雨，让他这些"穷亲戚"们吃穿不愁，没有病痛，有书念，不往外流浪，安享生活。

这几天，董洪涛又挨家走了一遍。尽管那些家门，他不知道进出过多少遍，可他还想去看看。他们有的老了，儿女不在身边；有的病残，有的生活上遇了难，都喊他董书记，这一声声里是信任，是依靠，透着亲。

他把他们都装在心里。谁家刚搬新房子，谁家的新饮水机还没舍得开封，谁家靠养羊发了家，谁家狗总拴着，谁家猪要下崽儿，谁家鹅蛋卖了好价钱。

他的书法生疏了很多。没有心思练笔了。每次回家都忍不住塞进包里一本书法的书，可是咋背去的就咋背回来，下周又再背去，周而复始，自己跟自己较劲。

原来的朋友也生疏了。

现在，大长夜里，他只想着他们。

幼儿园开学了。去年六一，他托朋友找关系，给孩子们"变"出了一面彩色的外墙，那上面有卡通人物，有花花草草，有太阳和花朵，像个童话王国。家长们来接孩子的时候，都惊呆了，舍不得走，排着队照相。他们说："这不跟城里人一样了吗？"然后，发朋友圈，晒晒。不光是外面，还有屋里的玩具、图书、画板、音响，都是他"化缘"来的，"各路神仙"也跟着他多了这门"亲戚"。

董洪涛甚至跟媳妇儿商量好了，要带她回一趟村儿。就像一个农民的儿子领媳妇儿回家一样，他想向乡亲们介绍自己的爱人，也向她显摆他所在的这个村儿。

其实，媳妇儿早就知道这些"亲戚"，不只因为他每次回家都把他们的名字挂在嘴上，还因为，在医院工作的她，已经无数次默默地把他们当成"亲戚"给予帮助。这一年里，她比董洪涛都清楚，"亲戚"们中有谁的胃不舒服，有谁的伤口要换药，有谁去挂过急诊，有谁进了医院就转向。她只是一个小职员，不是万能的，可是村里人以为她是万能的。

董洪涛承认，是自己故意"走漏"了消息，给她无端添了很多麻烦。他感激她，默默听她埋怨。他也讨好她，求她给帮帮忙。他知道她有委屈和难处，也料定了她嘴硬心软，因为她心疼他，就会心疼他们。

驻村两个年头，董洪涛有那么多不快乐。"怎么才能让他们过得更好，不仅要脱贫，还要致富，不仅要致富，还要快乐……"漫漫长夜，他把这些"不快乐"摁进脑子里，置换出一个个好主意、新点子，他为每一个梦想实现而努力，再迎回他的快乐。

于是，寒来暑往，千回百转，董洪涛又攒出了那么多快乐。幸福大院的大娘把他写的春联从春节一直贴到夏天，风雨吹破了，刮掉了，褪色了，大娘用胶布五花大绑给粘上。她说，"这是董书记给写的，我宝贝着呢！"

他们爱听董洪涛唱歌，董洪涛也愿意唱给他们听。那场驻村队组织的五星新农家表彰会，来了好多人，坐满了十几桌。看谁家过日子卫生整洁、文明风尚、孝老爱亲、诚信守法、自强致富，工作队就给谁披红戴花还发奖品，让全家都跟着光荣。董洪涛的一首《常回家看看》，唱着唱着就成了全场大合唱，大伙儿唱啊笑啊，巴掌都拍红了，像一场春晚。二屯王大娘说："好久好久没这么热闹了，你们来了，不一样了。"

扑克比赛、象棋比赛的奖品是董洪涛"化缘"来的。一听说要帮他的"穷亲戚"，到处都给放行，"扶贫"二字，像一个无声的暗号，又像一个最灵敏的开关，每当这时候，董洪涛真开心。

董洪涛猜，明天一进村就会看见崔大娘，她会把半身不遂的老伴儿推着出来看灯。那台崭新的轮椅车是他淘来的，从此，行动不便的老爷子就能常出来晒太阳了。门口一小块水泥地，平平展展的，再不用担心泥巴挡路了，大娘逢人便夸："也不知是谁干的？好人多啊！"

董洪涛还想去老王家看看，那个12岁的智商有点儿问题的女孩，他领着家长和孩子去医院鉴定，好几个部门，好长的路，跑了整整一天。他一心想快点儿把伤残鉴定办下来，这家人就能得到补助金了。晚上回来，他聚精会神地想给女孩选两件社会捐赠的衣服，却冷不防遭她重重一拳砸在胸口，董洪涛疼得蹲在地上，好半天，好半天，五味繁杂的眼泪在眼圈里转。

他咽回了眼泪，却没挡住伤病。

去年冬天的风真硬啊，董洪涛发烧了，烧成了肺炎。媳妇儿不放心，命令他回家住院，可那时候正要迎接检查，哪能抽身啊？他想出上策，早上4点开始争分夺秒地输液，正好可以赶在检查团来之前输完，只是手背上红红的针眼儿泄露了秘密。

母亲惦记他，更以他为荣，逢人就夸儿子洪涛出息，干的是总书记安排的大事情。女儿崇拜他，大二学期开设了扶贫调研课题，她毫不犹豫地选了爸爸工作的东胜村，因班里另一位男同学的父亲也是驻村第一书记，两个人双双成为令同学羡慕的"红孩子"。妻子依然帮他也帮他们。

这一年，刚迈进45岁门槛的董洪涛白发骤增，他宁愿用自己更多的不快乐换回他们更多的快乐。真的，在这个大长夜，董洪涛无法不想他那些"穷亲戚"。

二龙山村的笑容

一

"现在是 2020 年 11 月 3 日晚上 9 点。"大娘枕头旁边的老人机传来清脆的报时声。

小雪轻巧地跳上了炕,我也笨手笨脚地爬了上来,三个被窝是李素珍大娘早早铺好的,一趟一趟,顺顺溜溜地等着我们。

僵硬的脊背,酸疼的腰腿,放平,往炕上一贴,一股暖流踏踏实实地涌遍全身。奔波了一天,真是一份疗愈贴心的犒赏啊。

小雪舒服地平躺着,对着房顶,轻轻地说:"真热乎呀。"这个学新闻的 90 后丫头叫解瑞雪,特别高兴跟我一起出来采访。

我发现枕边有一支手电筒,绿色的,拇指粗细,大娘说晚上起夜用得着。我侧过身,看见大娘把白天穿的花棉袄盖在被子上,眼睛微闭着,慢声慢语地絮叨着,我能感觉到她细微的鼻息。小雪兴奋地翻身起来,轻轻趴在我肩膀上,眨着大眼睛听着、问着、想着。

大娘 19 岁嫁到村里,老伴去世早,她又替他看到很多新鲜日子。

房子是儿子给孙子新盖的,柜子是老辈人传下来的,花衣裳是闺女给买的,地上的小冰箱是孙子淘汰的,院里的玉米是新收的,肥鸡是春天抓的鸡崽,外孙子念完书工作了,老儿子在外打工,过年能回。

年轻时熬过太多的苦日子,没文化不识字,吃不饱,2块钱、5块钱都能过个年。家家日子都那么穷,老伴治病还拉过饥荒。他走了,大娘耍单了,好多年没有过日子的心情。自打董书记来,吃过粽子、月饼、元宵,常有"公家人"来串门,来了都不空手,还给大米、豆油。

这是我的二龙山村之夜。在最贴近大地和泥土的农家热炕头上,我们有唠不完的嗑。

二

此刻,我所在的位置是黑龙江省大庆市杜尔伯特蒙古族自治县连环湖边的一个小村庄。作为一名中国石油作家,当我接受这场"中国一日·美好小康"中国作家在行动大型主题实践活动任务时兴奋不已,决定再访二龙山村。

与二龙山村结缘,是在半个月前的国家扶贫日。我随大庆作家协会"走向我们的小康生活"采风团来过,回去总觉意犹未尽。那时秋高气爽,连环湖水波光潋滟,树叶正在变黄,接待我们的县文联主席、作家任青春不无遗憾地说:"要是早几天来景色更美。"其实,除了景色,我还想多听听这里的故事。

油箱加满了,笔记本电脑塞进双肩包了,在外住宿的生活必需品带齐了,万事俱备,只待天明了。

早上8点,小雪穿着粉色冲锋衣、套上厚棉裤有备而来。她把背包往后排座一放说:"我还带了驾驶证,您要开累了,我来。"

出发了。让杜路很平坦,开着导航一路畅行,里程表显示100公里的时候,我们的车进西屯了。西屯是村委会所在地,还有东屯,再远一点儿是半拉山屯,3个屯组成一个村。又是那面高扬的队旗稳稳地引我们进院,旗帜上,"大庆市第 50 组驻村工作队"一行字在风中猎猎抖动,像在招呼我们这场重逢。村委会到了。

一夜之间,气温骤降至零下 5 摄氏度,湖水冻出了冰碴,连环湖生出白边。再过几天,湖水将要一个冬天不再翻动了。叶子,铺在地上的多,挂在枝上的少了;大田里,还有小部分庄稼没收完,空气凉丝丝的。驻村第一书记董洪涛的深蓝夹克衫也换成了暗红抓绒帽服了。

村子面积 5.6 万亩,耕地只有 1.65 万亩,其余是比耕地还大的水面,还有林地和草原。户口簿上有 548 户,1244 人,常住人口仅有一多半。年轻人大都在外打工,学生大都在外上学。41 户贫困户 85 口人,老、病、残占了大多数。寻遍村子,壮劳力凤毛麟角。水面大,耕地少,又多盐碱地,世世代代靠天吃饭,守着一个"穷"字过日子。

三

一身书生气质的董洪涛,早早出来迎接我们。3 年前,他是大庆市一名机关干部。现在他是二龙山村工作队队长,驻村第一书记。

站在村委会的走廊里,我就挪不动脚了。从东头到西头,满墙图文并茂的照片很吸引人。上次来时间紧,走马观花看得不细,这回可以"复习"了。

"这个是春节期间,我们组织市里的书法家们给大伙儿写的春联,你看,老大娘老大爷他们手里拿的福字,张张字体都不一样。商店里买不着,挺抢手。当时就是在这屋。"他往西头的会议室一指,继续介绍:"这个是我们村的爱心超市,东西可全了。"我看见旁边的门上贴着"爱心超市"4 个字。

"这是我们组织贫困户打扫卫生,美化村容村貌,他们还能增加点收入。老头老太太都出来了,靠劳动挣钱光荣,不能仰脸坐等。"

"这是疫情期间,我们工作队买元宵慰问一线卡口值班村民。也是那时候,队员小温帮助村民买粮买菜买日用品。老百姓可感动了。"

"这是村里顶着疫情忙备耕,省里农科院的专家到现场做技术指导。"

"这是我们村的桑葚园,正研究要发展采摘经济,吸纳贫困户用工,多增加收入。"

"这是我上电视为二龙山小米代言。这是给老百姓发扶贫鹅。这是我们村合作社的色选机,有了它把杂色小米挑出来,粮食能卖个好价钱。"

董洪涛俨然一个"坐地户",信手拈来,如数家珍。有党支部活动的,有帮扶单位助力的,有产业扶贫的,有战"疫"故事的,有志智双扶、移风易俗的。一时间,海量信息涌入,我边听边记边拍,唯恐漏掉什么。他笑着说:"这不算什么,上墙的只是从2019年6月到2020年6月发生的事,最近这小半年还有好多没放上去呢。我是去年6月份来的,也算是来村工作一年的小盘点。"

我们挨个屋走。党群服务大厅搞得像城里的柜台似的。大窗户,宽敞明亮,瓷砖的台面白白净净,到处都红彤彤的。

正对着大门的党建文化墙,会议室的电子显示屏,看起来都很高级。

村委会办公室、会计室、妇联办公室、图书角、工作队办公室……到工作队寝室,我停住了脚步。两张木板床,一张简易铁床,被子卷着。桌上摆着一排简易包装的方便面,比我上次来少了几袋。

我开玩笑地问:"你真吃方便面啊?"董洪涛噌地一下从床底拽出一个纸箱子,半箱铜钱桥榨菜,"我这都是批发的,一买就是一箱。一忙起来,没时间正经做饭。"城市里长大的小雪姑娘,小嘴巴张成"哦"的样子,表示惊讶。

厨房靠东,温度最低,脱了外套站一会儿,就感觉凉风往毛衣里钻。我看见了那只烧煤的土锅炉,功能是给村委会取暖。上次来的时候,女作家王红对挂在旁边的一大一小两个铁炉钩子很是感慨,说这个东西多少年没见过了。

"火不好点,来了也是现学现用,鼓捣一晚上炉子,早上吐痰都是黑的,灰头土脸太正常了。"说起去年冬天的日子,董洪涛一乐,"晚上睡觉前看一遍,半夜得起来再看看,火要灭了,这一宿可就冻成冰棍了。今年冬天好过了,马上换电锅炉了。很知足,很知足。"

四

家里来人了,红脸膛的汉子李明德定定地站在院子里看着我们进院。他裹着一件军绿色小棉袄,抄着手,点点头,憨笑着迎我们进屋。炕上躺着他的父亲,94岁的李清海。门口摆着一把椅子改成的便桶。老人已半身不遂20多年。

李清海听见动静,艰难地坐起来,不记得10天前有人救过他。那天是重阳节,董洪涛带着书法家们来慰问,发现老人掉在了地上,怎么也起不来。几个人一起使劲儿把他抬上了炕。当时,李明德下地收庄稼还没回来,邻居来正好看见这一幕。

李明德说,7月1日那天,他老爹挺高兴。这么大岁数,破天荒地穿上了通红通红的文化衫,还戴上了党徽,跟党旗合影。65年党龄了,特别的日子,特别的光荣。

桌上摆着一幅老人的照片，装了大相框。五一前拍的。头发还是那么短，衣服还是身上这件灰毛衣，两排门牙还是东倒西歪着。人老了，几个月也没什么变化，老人把"自己"抱在怀里，嘴角一咧，是乐了。

李明德送我们出门，一群干干净净的大白鹅嘎嘎嘎叫成一片，好像也要送送客人。

主人说："今年发的鹅苗好，个个硬实，20只活了17只，你看长得多白净。"

小雪歪着头问："冬天要进窝里吗？不冷吗？"

"人家大鹅不怕冷，身上穿的可是纯羽绒啊。"董书记的回答引起我们一阵哈哈大笑。笼子里好几十只鸡，抖着通红通红的鸡冠子，好像也跟着笑了。

院子特别大。鸡、鸭、鹅都有独立空间，狗在门口拴着。东边是金山一样的玉米，西边是一台巨人一样的脱粒机。他说："儿子会使这玩意儿。除了自己家用，还能收点加工费挣点钱。"

"鸡、鸭、鹅都不卖，不差那几个钱。到冬天都炖了吃，铁锅炖大鹅，下酒，那才香呢。馋了就吃，想吃就吃。"李明德一脸骄傲地对我们说道。

五

降温了。董洪涛说，现在老百姓盼着天再冷点儿，把湖冻上就好了。这个愿望，我和小雪听得诧异。

我们看湖水看的是湖水好美，而董洪涛和村两委忧心的是一年一度的防汛。

村里有延绵三四公里的水岸线。在10天前，连环湖上游排水，民堤水位告急。工作队、村两委开展了一场护堤行动。

那天晚上五点半，乡路上两辆小货车奋力奔驰，车灯把黑夜坚定地劈出一道刺眼的白扇面，一路向东北，上214省道，进让杜公路，奔北一路，朝着萨政路，一个半小时后进入大庆市区。

董洪涛眉头紧锁，不停地看手机，一边对外联系，一边嘱咐开车的村支部书记姚海彪注意安全，又和后车的队员包杨、温守民电话沟通，商量明天上午的会战。

险情是下午4点多村干部巡查水情时发现的。一夜之间，湖水漫上来，村东的一排树看起来好像突然矮了一截。水舌一下下把土地舔得松软，又贪婪地觊觎着老百姓家的柴火垛、厕所、当院，堤上、岸上有几处已裂开拇指粗的缝口。

情况危急，全县防汛物资已全部发完，没有"硬核"物资，何谈防汛？董洪涛再次开启"托人找关系"模式，多方求援，终于有了着落。从不为自己求人的董洪涛，扶贫3年，把所有能麻烦的亲朋都麻烦了个遍。他决定连夜回城运防汛物资。两台赶来支援的货车，一时间车轮飞驰，恨不得插上翅膀飞出100公里去。

正值农忙，防汛人力不足。董洪涛、姚海彪立即以驻村工作队和村两委的名义，向县疾控中心和农机总站两家帮扶单位发出请求。同时，在微信群里喊话，村大喇叭里广播，向全体村民发出"保卫家园"动员令。

"你看，那天干活的铁锹，都在这屋。"整个下午，人都在民堤上，大风呼呼的。村委会的锅灶常是冷的。

19点15分，到大庆装货完毕。两台车满载1000平方米防汛专用彩条布和 5000 条编织袋调头往村里飞奔。

霓虹闪烁，车从东风新村学伟大街穿过，姚海彪忍不住收了一脚油门说："董书记，这不是到你家了吗？"董洪涛摆摆手："走！"

"刷"的一下，车从他家小区驶过。这是他熟悉得不能再熟悉的地方了。阳台上即将盛开的君子兰，窗帘上的花纹，还有亲爱的爱人，她已经睡着了吧？车悄无声息地走远了，车里一阵沉默。

21 点 10 分到县里。一人一盘饺子，这是当天的晚饭。

22 点 05 分到村卸车完毕。董洪涛的动作太急太猛，前几天干活刚崴的左脚踝旧伤复发，一阵钻心的疼。对于他来说，为了村里的事，这样的奔波有很多。

六

推开李素珍大娘家院门的时候，她正坐在小院里搓苞米。大娘对董洪涛很熟，虽然眼睛不好，但是看身形就能认出是他来了。

端午节，董书记拎来一份粽子，自己花钱买的。大红枣馅的，50 份，他挨家给贫困户送去，特意给她留一盒。老人左看右看，不知怎么个吃法。董洪涛心里一阵难过。

董书记来得更勤了。屋里电线凌乱，他给布置电线；下雨了，他给抱几捆干柴火；从家回来，他翻出包里爱人准备的熟食给大娘送去；早上扫村委会的院子，他顺便把老人的院子也给划拉干净……

大娘告诉我，身上的毛衣是董书记送的，保温杯、暖手宝，还有一只新塑料盆都没舍得用呢，也是工作队给的。疫情紧的时候，他更是嘱咐了又嘱咐："大娘啊您别出门，缺啥少啥跟我说。"他真的把吃的喝的用的都给大娘备足了。

大娘喜欢看热闹。春天的时候，县医院的白大褂来了，给量血压、测血糖，不出村就能检查身体，还给发药。

4月，贫困户端着纸箱子、排着大队，来领扶贫鸡崽、扶贫鹅苗。一只只刚破壳的小鸡小鹅，黄嫩嫩、毛茸茸的，看着喜人。一年都不常见的老少爷们、婆子媳妇、小娃娃都出现了，那场面跟过年似的。

腊月小年前，董书记还给大娘送来了他自己写的春联和福字。听说他在林甸也给大伙写春联，年年写，写了3年。

大娘说，他不光对我好，对谁都好。东屯的邹本维得了白血病，疫情期间病情加重了，血库里都没有血，献血的都少了。他一撸胳膊，让医生先抽自己的血。那可是救命的血。

市里大机关的领导来，县里市里电视台记者来，写文章的作家们也来，书法家也来。他把小板凳搬到人家院子里，到家门口给大伙儿讲《中华人民共和国民法典》，告诉大伙儿离婚咋办，打官司咋办，讲要守法、遇事找法、解决问题靠法。

七

一个胖乎乎笑眯眯的女同志进来打招呼。董书记说，她跟张家学"张工"是一家的。

51岁的张家学，心灵手巧。董书记一喊他"张工"，他就乐不可支。他的好事跟那台宝贝色选机有关。色选机是董洪涛给村里引进的第一个大物件。这东西神奇，稻谷从里面过一遍，就能挑出杂粒来。原来1斤卖8块钱的小米，现在能卖10块。

村里的沙壤土层深厚，适合谷子生长，但谷粒有杂质，总是卖不上好价钱。董洪涛一进村，就把这事儿放在心里，6月来的，9月就把这事办成，秋收就用上了。15万元对于村民来说是个天价，做梦都不敢想。二龙山小米立马涨身价。周边地区都没有,全县就这一台。个别村即使有,个儿也很小,这台个儿大,加工能力强。

机器成了村里的宝贝疙瘩。不光村里受益,十里八村的也来加工,村里多收入一笔加工费,镇党委书记连声感谢工作队董书记,说:"你可给村里办了件大好事。"

上个月,齐齐哈尔一个地方特意来人把张家学给请去了。有机器不会用,想让张师傅给教教。村主任、镇长亲自来请,车接车送,好吃好喝好招待,临走还给了3000元。这老张成大拿了。

一到秋天,销售小米就成了重头戏,驻村工作队和村两委干部都成了二龙山小米的义务推销员。春节前后,一下子销售3万斤,村集体经济壮大了,大河涨水小河满,把30%利润给贫困户分红,每家平均增收1000多元。卖完回家一数钱都乐了:"有这么个合作社,俩月挣了2000多。"

现在,这台宝贝机器就在村委会后面的合作社里藏着呢,秋收完就要开足马力挣钱了。我好像看见了"张工"脸上的笑容。

董洪涛介绍说,这几年,市里县里的大企业、小企业帮村里打了76眼抗旱的小井。村里有了碾米机、制糁机、烘干机,还有那台色选机。2500亩的桑树园也慢慢规划着搞起了采摘基地,吸纳5户贫困户就业,每户年增收1000元以上。他说,还不够,还要加油。

八

我看见队员小温和小包的时候,完全没有陌生感。他俩的照片,常上工作队的公众号,事迹也听董书记说过。那天的护堤防汛会战,他俩都参加了。

那天早上大堤上特别冷。冲在最前面的是董洪涛和姚海彪,是工作队员和村两委干部。两家帮扶单位的干部从县里赶来了，村党员、普通群众，男女老少来了 100 多人。

县疾控中心的几名女同志帮着撑编织袋；贫困户李全德、周国春前一天下午就开着自家农用车备土方，忙到晚上也不吭一声；村支部书记姚海彪和村干部李兴会穿上涉水裤，下到齐腰深的水里探查险情。

村民李可义还记得，那天他跟董书记两人一伙儿装土。两人边干活边唠嗑，他说："董书记啊，你可是市里的干部，这么大的体力活，能受得了不？"董洪涛光笑，也不说啥。

一场酣战结束，大堤安然无恙。党旗，映在湖面，也映红村庄。

九

我走进会议室。想象着这几年这屋子里人头攒动的景象。开会，组织党员学习，发春联，发捐赠衣物，搞各种活动。

很多主题党日活动让人难忘，过"政治生日""与国旗合个影""不忘初心、牢记使命"主题教育活动。10 名在外务工的流动党员，全部收到支部寄送的"红色快递"学习资料，两名有病在身行动不便的党员，支部给"吃小灶"。董书记讲的党课是"农村党员如何做到'不忘初心、牢记使命'"。

今年党支部新吸收了一名预备党员，是开出租车的小伙子于连有。他父亲是贫困户。他说："这几年赶上好政策，我家得了工作队和村里的济，得了党的济，我也想入党。入党好做更多的事。"

十

笑容像花儿一样，簇拥在一家家的新房子前。刚刚脱贫的村民被一份来自春天的礼物乐晕了。

在李清海家见过的大相框，我又在很多人家见到了。贫困户于德林夫妻站在正在上盖的新房子前面，摄影师问："日子，甜不甜？"

"甜！"两口子脸上乐开了花。

贫困户毛俊峰对着摄影师的镜头有些羞涩。长这么大，除了结婚照过一次相，这辈子都没有这么正儿八经地照相。老了老了，还赶时髦了。

孤寡老人是单人照，宝贝和妈妈是亲密照，一家三代照的是小团圆。有的刚大病初愈，表情上有如释重负的感觉。

驻村工作队邀请摄影家背着专业相机来给大家拍照片。41户85口人，到2019年底全部脱贫，太值得做个纪念了。

董德军的媳妇见到我们就哭了："他才走40多天，说死就死了。"说着转身从里屋取出一张全家福大照片，指给我们看，"这是董书记他们给照的，你看，我家那人多精神。我俩，我姑娘，两个孙女，这笑得……"忍不住眼圈又红了。

董洪涛心情有些沉重。董德军多才多艺，会拉二胡、扭秧歌，是村里的文艺骨干。他和另一个贫困户合作练了一支曲子，还从微信里发过来让董洪涛听，就盼着有个大音响，上台演节目效果好。董洪涛千方百计搞到了音响，他却走了。

"谢谢董书记，给我们留下了这全家福。看看，就好像他还活着。"她擦了把眼泪。

董洪涛那台蓝色自行车，安静地在厨房一角歇着。春天的时候，村里几户危房改造，他骑着车一家一家走，看新房一点点起来，直到浇筑房梁了，马上搬新居了。

咔嚓！咔嚓！一张张红脸、白脸，白发、黑发，深皱纹、浅皱纹，嫩皮肤、粗皮肤，双眼皮、单眼皮，全都被收到镜头里。每张照片都印着8个字：脱贫光荣，最美笑容。

要最美的笑容，也要最久的笑容。住在东屯的徐连江，患有糖尿病综合征。住在半拉山屯的徐殿柱，是智力残疾，外加身体残疾，生活只能半自理。住在西屯的张国才，智力有缺陷，耕地又偏少，还在供女儿念初三。住在东屯的邹本维得了大病，今年一直住着院。对这4户，还要盯住，关键时刻要拉一把。

村集体经济"造血功能"有起色，原来的贫困户成了"工薪族"，搞环境卫生，干公益岗，也算是一份工作。奔富裕，谁家也别落下。

十一

家家户户董洪涛都很熟，进进出出贫困户家不知多少遍。他是在2019年初夏玉米正要拔节时来的，村民们很快认识了他，听说还是小有名气的书法家，还听说他是在林甸县驻村两年又来这儿的。别的扶贫干部到期归队，他却选择留下继续战斗。这样的情况，在全市近百名扶贫干部中，不超过10人。

每天清晨，董洪涛都早早起床，沿着湖边大堤走走。他的左手边是一望无际的西葫芦泡，右手边是宽阔的大田。

他脚上是一双普通的休闲鞋，紧贴着田埂，紧挨着泥土。驻村3年，西装、皮鞋早已收在柜子里，他喜欢自己现在村里人的样子。他做了几次深呼吸，眼看着春生夏长、秋收冬藏，村庄正一轮轮发生着蝶变。

他的腰间拴着钥匙，笑言："自从我来就省了一个打更的。"而村民们都知道，这免费"更夫"在一刻不停地操心着他们愁啥、缺啥、想啥、念啥。

梦想很多，那就一个一个去实现。

10条巷道都是新的，雨天出门，鞋底下也不会粘一脚大泥巴了。走夜路，有路灯照亮，一共37盏，从西屯亮到东屯，再亮到半拉山屯，再不是漆黑一片了。

水泥路通了，广播电视通了，电通了，宽带入户了，泥草房灭迹了，住房安全了，喝水也安全了，上学有保障了，医疗有保险了。

村里，有卫生室了，卫生室里有医生了，有文化活动广场了，广场上有活动了。书画下乡，健康义诊，扭大秧歌，活动一场接着一场。

采访中，董洪涛接了个电话，是另一位驻村书记找他讨教。县里新安排了一项任务，问他有什么好点子。我的目光又停在那面图片墙上。2020年5月12日，连环湖镇脱贫攻坚村级交流观摩会在二龙山召开。镇党委主要领导、镇各包村领导、9个村的党支部书记、扶贫专干、各村工作队全体成员，50多人都来了。很多人对董洪涛做的业务指导和经验交流，印象深刻。

驻村3年，董洪涛连续两年被推荐为全国脱贫攻坚奖候选人，还成为杜尔伯特蒙古族自治县"最美第一书记"，工作队队员包杨、温守民成为"最美驻村干部"。

晚上还有一个小插曲。李素珍大娘和她55岁的大闺女张娟先后两次来村委会。黑瘦黑瘦的张娟每天凌晨两三点起来干活，平时一分钱掰成两半花的她，听说村里来客人了，毫不犹豫买了满满一大包吃的喝的，还特意杀了一只鸡让我们吃。我们坚决不收，把她送回了家，她眼里含泪，多次哽咽："你们对我妈好，我不知道咋报答。"

夏天的一个周末，董洪涛特意开车回大庆市里，把母亲、岳父母、媳妇、女儿都拉到二龙山了。他特想让家人来看看。

他 47 岁，这几年白发猛增。肾结石犯了又犯，左脚踝仍然隐隐作痛，书法技艺生疏了，回去看母亲的次数少了很多，夜夜跟妻子隔山相望，偶尔对着从宿舍窗前溜达出来的一只黄鼠狼发呆。

2020 年 11 月 3 日的月亮悄悄爬上来。董洪涛办公室的灯还亮着，这是他驻村的第 1143 个晚上。夜空深邃，偶尔传来几声犬吠，乡亲们正枕着日渐稠密的笑容入眠。

走进元宝村

一

我还从没有一下子见过那么多铅笔,它们竟然出现在一个偏远的小山村里。

铅笔厂小院里绿草如茵,桂花飘香,一排排绿树从门口伸向远方。偌大的厂房里机器轰鸣,人影交织中,油漆、打字、磨顶、切光,一道道工序在流水线上有序进行,一支支纤纤细细、眉眼精致的铅笔在"产床"上悄然诞生。无须多久,它们就要被打包装箱,然后出厂房,上汽车,远走高飞,在天南海北的文具商场上架,有一部分还会漂洋过海开启留洋之旅,在国外的文具店里闪亮登场。它们将被握在不同肤色的人手上,写出不同语言的文字,画出多姿多彩的图画。

当然,也许新主人并不着急写什么、画什么,只是喜欢把铅笔握在手里把玩欣赏,他们却未必想得出,这么漂亮的铅笔,竟都是出自遥远的中国东北一家村办工厂的淳朴村民之手。这个村年加工铅笔16亿支,产铅笔板3000多万,早已是全国铅笔板重要集散地和铅笔、铅笔板生产专业村,还是晨光铅笔的代加工地。

然而,有谁会相信,就在几十年前,这里还是无人不知的"光腚屯"?

新时代的太阳照耀着美丽的小村庄,长篇小说《暴风骤雨》的故事距离此时已太过久远,年轻人未必能说清楚了,但是在这个村,只要谈起铅笔的制作生产,无论男女老幼,都能说个差不多,他们会骄傲地告诉你——很多很多年前,我们就能生产铅笔了。不管你生在哪里,很有可能,你就是用着我们村生产的铅笔长大的呢!

二

乘坐省作协"龙江作家看龙江"采风团的大客车,迎着美好的晨光行驶在乡村公路上,车窗外,楼房林立,道路平坦,远山是松涛阵阵,近处有鸟语花香,车轮滚滚向前,一幅新时代"绿、富、美"的画卷徐徐展开,一直开往位于延绵山岭下的元宝村。

为啥叫元宝村?原来村委会门前有个光秃秃的大石头山,形似金元宝,为讨个吉利,故名"元宝村"。可惜的是,人们祖祖辈辈守着"金元宝",依然过着饥寒交迫的穷日子。

1946年,抗日战争胜利不久,元宝村迎来了轰轰烈烈的土地改革,作家周立波随工作队驻村,根据亲身经历,他饱含激情地创作了长篇小说《暴风骤雨》,小说后来被拍成电影。

中国土改文化第一村

走在元宝村火热的太阳下，遥想当年的"元茂屯"，恍如隔世。作为创作原型地，过去元宝村因为穷，出了名，也因"中国土改文化第一村"的特殊标签"火"出了圈。

因为会做铅笔，元宝村成了远近闻名的"亿元村"。当年被人笑称"赵光腚"的老一辈做梦也不会想到，他的子孙们真的抱上"金元宝"了。他们最为津津乐道的是发家致富之道，谈铅笔厂的生产经营，聊农业新技术，讲刚建成不久的大米加工厂，也说已经开馆的"暴风骤雨"纪念馆——

三

离铅笔厂不远，有一座人气很高的"暴风骤雨"纪念馆。妆容精致、开朗健谈的女讲解员于俊玲，以本地人的自信和真诚滔滔不绝地讲着村里的事儿，讲高兴了便以纯正的东北话"发挥发挥"，那神采飞扬的劲儿，根本不像已经59岁的人。

她29岁从外乡慕名来铅笔厂打工，第一个月挣了93元钱，娘家人听了都很羡慕，她却哭了一场，因为别人都挣好几百块！她不服输，苦练技术，越干越好，后来月工资从一千多元到两三千元，成了技术尖子和收入大户。再后来，她当上了小组长领着10多人干。再后来，她成了村里的出纳员，刚一接手吓一跳，这个村有这么多钱！

2005年，村里自建的"暴风骤雨"纪念馆正式开馆，于俊玲兼职馆长和讲解员，接待了远远近近络绎不绝的来访者，她每一场都讲得很带劲儿，还经常与游客互动："你们说，即便有了好政策，领导也很支持，为啥有的地方还是没有我们富？"接着，她就亮开嗓门自己抢答："关键是带头人呗，我们有个好书记啊！"

四

元宝村有位充满传奇色彩的好书记，名叫张宝金，是他把全村人带上了"金光大道"。

张宝金 1946 年出生，年轻时来元宝村做裁缝谋生计。小裁缝心灵手巧，勤劳能干，心眼儿又好使，四小队队长没人愿意干，大伙儿就选这个人缘不错的山东小伙儿干。张小队长不光带头苦干，还讲究科学种地。一年下来，带着四小队打粮 23 万斤，全大队其他六个队加一块儿也没有这么多。

1980 年，乡亲们齐刷刷举手，把 1979 年入党的张宝金推举为村支部书记。那时候，元宝村还是有名的"三靠村"，"种地靠贷款、吃粮靠返销、生活靠救济"，还背着 27 万元外债，他一咬牙接下了这个"烂摊子"，可领着大伙儿种了三年地，"饥荒"还是还不上。张宝金便开始琢磨在村里办个小木农具加工厂。为筹集资金，他做通老伴工作，把多年当裁缝攒的一万三千元全掏出来，党员干部也跟着拿钱，你拿出盖房子钱，他拿出给儿子娶媳妇钱，他拿出棺材板钱，不到二十天凑齐三万七千元，厂子办起来了，小木农具当年就有效益了。

发展的脚步继续向前，老书记说不能小富即安，要抱"大元宝"。1987 年，他找了两个明白人去南方调研，动员全村集资 54 万元建起了第一家村卫生筷子厂。

"筷子厂时代"的元宝村有企业 28 家。为推销筷子，张宝金背着煎饼，带着"马扎"，走遍大半个中国，看准了市场，带着村里打了"翻身仗"，还清巨额外债，村民腰包开始鼓了。张宝金不歇脚，又力排众议搞铅笔板，一直干到全国有名，又把元宝村带进"铅笔厂时代"。

铅笔板做好了，又做铅笔。到了1996年，元宝村工农业总产值达到1.1亿元，"三靠村"一跃成为黑龙江省改革开放后第一个"亿元村"。到了2000年，元宝村在俄罗斯成立了元宝山远东责任有限公司，村集体经济又向前迈了一大步。在中国铅笔行业，不知道元宝村的很少。

人们跟着老书记，踩着国家政策的鼓点，不停发展，发展，还是发展——

从村里几间小作坊到大兴安岭的8家联营厂；从立足国内市场到生产销售两头在国外；从淘汰消耗木材多的筷子厂到上马环保铅笔项目；从兴工致富到以工促农，再到"精农业，稳工业，兴旅游"，创建绿色稻花香水稻基地、建设铅笔工业园区、建设暴风骤雨纪念馆。

元宝村富了，老百姓真真切切享受到了胜利果实。元宝山公园开放了，荷花池景色美不胜收。苦干三年，治理黄泥河成功，再不怕洪涝危害了。万亩荒山变成茫茫绿海了。占地6000平方米的铅笔文化广场投用了。5万平方米的居民住宅楼和20余栋二层小别墅建成了，80%以上的村民都搬新家了。这就是元宝村的风格。

五

有一天，老书记盯着窗外光秃秃的石头山看了很久，一字一句地说："我要把这山变成绿山！"人们窃窃私语："这不太可能吧，在石头山上栽树，能活吗？"

说干就干。张宝金带着全村党员干部，把树苗背上山，锹镐挖不动大石头，他就让村铁匠砸了一批铁钎子，每人发一根，他带头跪在地上挖坑。他又带头往山上背土，往坑里垫土，把树苗坐在坑里再浇水，膝盖硌出了血，手磨破了皮，不到天黑不回家。

2003 年大旱，种的树都死了。他上火啊，第二年又栽。每次种树，他不顾自己高血压、心脏病，总是在第一线。有一次竟一脚踩空掉进大坑里，大家一拥而上好不容易把他救回来，好几个人都心疼得哭了。

一年又一年地苦干，石头山真的变成了绿山，元宝山上种出了万亩生态林。人们常用"茫茫林海，松涛阵阵"形容这片绿山。那些树，怎么瞅都成行，越看越喜人。据说，曾有人出高价买树，老书记不卖。他说这是留给子孙万代的财富。

2018 年为建大米加工厂，七十多岁的张宝金亲自爬上正在改造的厂房房顶，照样干劲儿冲天。这些年，为甩掉贫穷的帽子是吃了不少苦，但他这老"愚公"，真把想干的事儿都干成了。没有苦，又哪来的甜呢？

人们都说，元宝村有福了。